洞庭天下水

李跃龙　黎昔春　著

岳麓書社·长沙

序章　洞庭天下水

一湖分两省，乾坤日夜浮。

居中国五大淡水湖之首的洞庭湖，孕育了源远流长的文化与文明。从津市虎爪山遗址、澧县城头山遗址，到安乡县汤家岗遗址、华容县七星墩遗址等，洞庭湖地区已经被考古发掘证明是中国史前文明的“南方高地”。洞庭湖地区因其良好的自然环境和丰富的水、土、生物资源条件，成为中国最早的稻作农业发祥地。澧县彭头山新石器文化遗址中发现了炭化稻谷，经碳十四检测，这些稻谷存在于距今9 000～8 000年以前。根据对孢粉的分析，专家认为彭头山的水稻与现代水稻的生物学性状已十分接近，应该是人工栽培水稻。1993年，在距离彭头山遗址不远的城头山古城墙遗址下部，又发掘出一处距今约7 000年，极为丰富的新石器时代稻作文化遗存。考古工作者在发掘古城墙时发现城墙的外坡下叠压着早于城墙建筑时代约2 000年的新石器时代早期的巨大壕沟。在壕沟的淤泥中，出土了稻谷、豆类、蔬菜、莲荷等的籽实数十种，还有猪、牛、鹿、象、鱼和螺等动物遗骸20余种。此外还发现手工编织的竹

一湖碧水绕鹤龙（汪鹏摄）

席、芦席的残片以及距今约6 500年的水稻田。这是世界上到目前为止发现的历史较为悠久的古稻田实体。这些发现说明，中国是世界上最早栽培水稻的国家，而洞庭湖区又是世界上人工栽培水稻较早的发源地。

洞庭湖地区得天独厚的自然资源和农业生产条件，千百年来养育了代代湖湘儿女。巴人东迁，以湖区为重要目的地，另有麇人长期在此安居。春秋末期，楚人越过长江向南拓展，通过不断经营，将洞庭湖区变成楚国的粮仓，号称“楚江南”。虽然人文的、地理的“江南”，其所指在历史上不断变迁，但“江南”一词在中国历史辞典里作为代表着富庶和殷实的文化符号，最早指的就是楚国的洞庭湖地区。司马迁《史记》用“饭稻羹鱼”“无冻饿之人，亦无千金之家”来描绘其社会经济生活，“饭稻羹鱼”也成为鱼米之乡在不同时期的共同特征。

秦汉以还，历朝历代，只要北方战乱，即伴生大量流民南移。西晋永嘉之乱后，“流入荆州者十万余家”，洞庭湖区成为流民迁徙的重要目的地之一。其时在洞庭湖北部、西北部专门设立南义阳郡、南河东郡等侨立郡县安置流民，今松滋市就是侨县。另有部分州县，虽说不是侨立郡县，但也与安置流民有关，如药山县（今沅江市）、湘阴县、重华县（今属益阳）、玉山县、湘滨县、罗州（今属岳阳）等。安史之乱后，北方民众逃亡，又有很多人流入湖南：“襄邓百姓，两京衣冠，尽投江湘。故荆南井邑，十倍其初。”大诗人杜甫也是在这一时期流寓洞庭湖地区，最后病死在湘江的小船上。明代重视耕垦，移民大增，但性质有些变化，以经济性移民为主，难民开始减少。时有“江西填湖广”一说。清代康乾时期，洞庭湖区开始大量兴筑堤垸，湖区的人口急剧增加，除一部分是外省籍外，湖区移民大多以本省籍为主，被湖区土著称之为“上乡人”，即“湘水资水上游地区”的人。中华人民共和国成立后，“大跃进”时期国营农场建设的高潮之中，洞庭湖地区人口又有迅

洞庭湖区丰收景象（汪鹏摄）

猛增长。洞庭湖地区承载了大量的人口，滋养了千千万万的民众，是名副其实的“母亲湖”。

洞庭湖地区能成为历史时期各个朝代移民的重要目的地，人口承载量大，是因为这一地区具有优越的自然条件，能解决大量人口的生计问题。清乾隆年间，随着洞庭湖区围垦洲土高潮的出现，耕地面积迅速增加，再加上劳动力、农业技术和资本等生产要素的叠加，湖南省的粮食产量逐步赶上并超过湖北省。新出现的民间谚语“湖南熟，天下足”进而取代了“湖广熟，天下足”。“粮船结队下长江”，供食天下。现在洞庭湖地区仍是著名的鱼米之乡，是全国九大商品粮食生产基地之一，是重要的水产养殖基地。

洞庭湖地区的农业文明所表现出来的特质，与湖南省其他区域有所不同。湖区的农业，十分重视御水和排涝，体现出一种抗洪精神。堤垸就是民众百姓的家园和命根子，防汛抢险需要协作，特别需要一种万众一心、团结拼搏的精神。湖区又是一个开放的移民社会，五姓杂处，宗族势力相对薄弱，风俗习惯上崇尚由繁入简。移民向来不太安于现状，而具有开拓精神……凡此种种，湖区民众普遍具有一种与传统社会大众稍微不同的群体性格。

洞庭湖文化中还有独特的流寓文化元素。因为洞庭湖所处的地理位置，历史上重要的政治人物和文化名人很多都到过湖区，特别是被贬谪的失意政治人物和遭到流放的文人士大夫，从屈原开始，到贾谊、李白、杜甫、刘禹锡、柳宗元、韩愈、寇準等，众星会聚，形成了洞庭湖区独特的流寓文化现象。

流寓文化从屈原起逐渐形成忠君、爱国、忧民的思想主题。到范仲淹应滕宗谅之邀在河南邓州花洲书院写作《岳阳楼记》，对流寓文化的主题做了一个总的概括，那就是儒家主流文化所倡导的“居庙堂之高则

江上秋风动客情（虢筱非作）

忧其民，处江湖之远则忧其君”，“先天下之忧而忧，后天下之乐而乐”。范仲淹是吴县（今苏州市）人，他到没到过湖南，目前学术界尚无定论。但安乡县旧有范公读书台遗址，表明了湖南民众对他的喜爱。

范仲淹之后，湖南人不断总结和发扬从屈原到范仲淹的这个文化传统，形成湖湘文化“心忧天下”“敢为人先”的思想内核。年轻时的左宗棠专门用“身无半亩，心忧天下；读破万卷，神交古人”作座右铭，勉励自己。有人专门检索清朝道光以来有关洞庭湖的著作和岳州府县的地方志，发现诗文作品以“忧乐”为题材的占近三分之一，然后“吊屈”“咏湘君”又次之。到目前为止，这几类题材一直是主流，在诗词楹联中尤显突出。洞庭湖地区繁荣发展的诗文创作形成这样的主题特色，在中国的几大湖泊流域地中是不多见或者可以说是唯一的。

洞庭湖的人文历史，不但拥有中国传统文化的主旋律，同时也具有丰富多彩的普通老百姓喜闻乐见的传说故事和民间信仰，如二妃、孟姜女、范蠡和西施、柳毅与小龙女、刘海与狐仙等传说，寄托着湖区民众的喜怒哀乐，彰显出他们的内心价值世界。这些传说和民间信仰也对湖湘文化产生了巨大影响，是湖南省的非物质文化遗产。通过文人士大夫的提倡传播，其文化基因已根植于大众之中。在很多人的印象中，湖南的女性泼辣大胆，勇于追求自己的幸福，追求理想中的爱情，就是这种文化基因的产物之一。这个特点是研究者不得不予以重视的。

从湖南的地理看，它东、南、西三面环山，中北部为丘陵和平原，因洞庭湖和长江与湖北省毗邻，形成了一个相对封闭、独立，非常完整的地理单元。仁者乐山，智者乐水。十里不同风，百里不同俗。湖南省既有“山国”之称，亦有“泽国”之名，“泽国”就是因为有洞庭湖。从三湘到四水，从洞庭湖到九疑山，从湘东到大湘西，汉族与土家、苗、瑶、侗、白、回等少数民族同胞和睦相处，差别化的发展极大地丰

《八百里洞庭全图》（局部）（邓辉楚作）

富了湖南的文化光谱。洞庭湖是湖湘文化的重要发源地，洞庭湖文化则是湖湘文化的重要组成部分。湖湘文化是整体，洞庭湖文化是分区，洞庭湖文化和湖湘文化不可分割。

湖湘文化的精神以爱国主义为主旋律，包括重实践、经世致用的务实学风，强悍民风所培养的奋斗精神、牺牲精神，不抱团、开放包容的对外观念，等等。这些精神特质基本上与洞庭湖地区的人文历史积淀密不可分。很多学者认为湖湘文化有两个源头，一个是湘南地区的舜文化，另一个就是洞庭湖区的德文化。洞庭湖地区又是爱国主义的发源地。虽然爱国主义在不同时代不断被赋予新的内容，却是湖湘文化的重要内涵和基石。屈原等人的足迹遍布洞庭湖地区，他们的精神不断启迪和感召着湖湘儿女。

洞庭湖文化的包容性和多元文化因素，也为湖湘文化增添了精彩的一笔。洞庭湖文化的伟大之处在于，它既是中国传统儒家文化的堡垒，又是其他民间文化和流派的精神乐园。战国末期屈原放逐地沅湘的渔父，世界观是“不凝滞于物而能与世推移”，追求一种心灵与世事的和谐，个人与社会的统一。而晋代陶渊明作《桃花源记》并诗，虚构了一个他心目中的理想社会——洞庭湖西部的水乡泽国成为他的精神家园。从渔父的“沧浪之水”到陶渊明的“桃花源”，正是烟波浩渺的洞庭湖为湖湘文化打造了一个多元文化共存的时空环境。

中国科学院南京地理与湖泊研究所在大量研究工作的基础上，提出了“洞庭湖水文化”的命题。他们呼吁，“关心洞庭湖的人们，尤其是广大科技工作者要对发掘湖湘地域文化内涵的意义与重要性予以关注，对那些体现民族与地域文化特色的民间传统习俗、价值观念及其物质载体的山水景物与历史名胜保护予以充分关心。洞庭湖地区堪称历史文物之邦，拥有许多不可多得、富有特色的地域文化资源”。我们完全有理由把洞庭湖从中国最重要的淡水湖泊提升到中国传统湖泊文化中“湖长”的高度，将之置于五湖之首。

总之，洞庭湖是自然的大湖，也是人文之渊薮，值得珍惜、保护和开发。

魏俊非作

目　录

名人笔下的洞庭

洞庭湖的前世今生

洞庭湖位于长江中游荆江河段南岸，湖北省南部、湖南省北部，在北纬28度30分至30度20分，东经110度40分至113度10分之间。湖面总体形似英文字母“U”，从地图上看酷似一把用餐的勺子，镶嵌在两湖平原上。经过地质运动和人类活动的双重作用，洞庭湖现已分割成“东洞庭湖”“南洞庭湖”“西洞庭湖”，三湖之间通过河网湖沼和洪道连接。洞庭湖南纳湘、资、沅、澧四水，长江荆江河段通过松滋、太平、藕池和调弦四口向南分流入洞庭湖，湖水再由城陵矶三江口汇入长江，所以洞庭湖是吞吐长江的洪道型湖泊。

洞庭湖在漫长的演变过程中，由形成、发展、全盛而走向萎缩，是它独特的地质地貌条件、水文条件和人类活动作用的必然结果。早期洞庭湖的演变，地质地貌的因素为主，进入中期以后，人类活动成为洞庭湖变迁的主导因素。洞庭湖的演变，既是一个漫长的地质过程，也是一个历史的过程。

洞庭湖地质溯源

发生于侏罗纪末与早白垩世之间（距今约1.4亿年）的早期燕山运动，使湖区震旦纪以来的地台盖层沉积全部发生褶皱，伴随形成纵向的逆断层和冲断层，其构造线方向主要为北东向和北东东向。早白垩世时，湖区南侧的雪峰弧形构造带在来自东南方向的挤压力作用下继续褶皱隆起，其西侧印支期开始拗陷的“沅麻盆地”则继续下陷，并向东北方向延伸，位于五强溪以东的早白垩世“常桃盆地”也可看成它延伸向东北的一部分。这两个分列东西的盆地，就是洞庭湖盆开始形成时的雏形。

始于早白垩世末，延续到晚白垩世末（距今约1.45亿～0.66亿年）的晚期燕山运动，表现为强烈的差异升降和块断运动的特点。燕山运动是形成洞庭湖盆面貌的一次最主要的构造运动，它使延续隆起了数亿年之久的“江南古陆”发生断裂，洞庭湖盆由此形成并不断扩大。“常桃盆地”加速沉降，范围扩大，与东部的“汨罗盆地”相连，形成了西起石门、澧县，东至岳阳、湘阴，南达益阳、宁乡，北抵安乡、南县的广大内陆湖盆。

早第三纪时，早期喜马拉雅运动在湖区表现较微弱，且以上升运动为主，湖盆有所萎缩。由于断裂活动对湖盆的控制，早第三纪的洞庭湖盆进一步分化。

从白垩纪至早第三纪时期，湖区处于热带或亚热带干旱气候条件下，湖区的上述凹陷均成为内陆湖盆，湖盆边缘为粒度较粗的山麓-洪积相堆积，向中心粒度变细，中心形成咸水或半咸水湖。

两般云梦（虢筱非作）

晚第三纪以来的地壳构造运动称为“新构造运动”，晚第三纪及第四纪称为“新构造期”。晚第三纪时，湘、资、沅、澧四水已初具雏形，洞庭湖盆与江汉盆地连成一体，但从早第三纪后期起，因喜马拉雅运动影响，湖区抬升，盆地内的凸起遭受剥蚀，凹陷也因早先沉积物充填而萎缩，强烈的蒸发又使地面径流变得十分微弱，故到了晚第三纪时，洞庭湖盆已完全干涸，普遍缺失上第三系沉积，当时湖区及湖南其他地区地壳运动微弱，形成起伏微缓的一片宽阔准平原。

进入第四纪以后，新构造运动继承了早期喜马拉雅运动的特征，湖区表现为以差异性升降为主，湖盆再度沉陷，形成接纳湘、资、沅、澧四水，并汇长江的淡水大湖。在长达200余万年的第四纪中，湖盆曾多次扩大和淤填变浅、夷平成陆，但总的趋势以持续下沉为主。

在湖盆沉降的同时，湖区边缘由元古界、下古生界、中生代白垩系地层及燕山期花岗岩组成的地带发生降起上升。丘陵区外围为属于燕山期及早喜马拉雅期的构造隆起带，它们虽在晚第三纪时剥蚀夷平，但在第四纪中持续发生隆起上升，形成今日海拔500～1 000米以上的构造剥蚀中低山。

在湖盆沉降、外围隆起上升的过程中，由于这种差异性升降运动在强度和幅度上的节奏性，湖盆中早先沉积的更新统堆积物除被依次埋藏到湖盆腹地的全新统沉积物之下外，隆起的边缘地带则相应地形成多级沿湖阶地，几乎全环绕湖盆作连续分布。这样，形成从今日湖区腹地的水网平原向外围，地势梯级增高，依次为阶地、丘陵、中低山的环湖层状地貌结构。

洞庭湖出生证上的时间

洞庭湖是有生命的，它也有“出生证”，出生证上当然也要写明时间。如果说燕山运动是“十月怀胎”，那么，晚第三纪和第四纪构造期就是洞庭湖淡水湖泊的“一朝分娩”。

中生代形成的洞庭盆地从早更新世末以后抬升消失，自晚第三纪以后，再次构造下降接受沉积。在第四纪时期，演化节奏较前更快，演变的主要因素是构造运动。盆地区在早更新世初期、早更新世中期和中更新世早中期先后有三次较大的构造运动，使盆地在更新世有三次成湖期，随之出现三个较大的沉积旋回。晚近时期由于人类活动、气候波动及新构造运动加速的影响，又出现第四次成湖期与新的沉积旋回。盆地中第四系沉积物反映出本区构造运动的性质，是在总的沉降趋势中有周期性抬升振荡性运动。

早更新世早期，新构造运动使断裂重新活动，盆地再度分化解体，形成箕状凹陷与凸起。早已在晚第三纪沟通中游盆地进入洞庭盆地的湘江与澧水，这一时期分别在东洞庭湖东部和澧县凹陷形成大型冲积扇，资水、沅水此时亦已先后形成，从南部、西南部分别进入洞庭湖。其时四水入湖格局形成，四水河口冲积扇均较发育，整个盆地沉积模式以河流相占主导，间以较广阔的河间洼地。

进入早更新世中期，湖盆中凹陷范围扩大，沉降速率变慢，湖积范围远较早期扩大。

早更新世晚期至中更新世初期，江汉及洞庭盆地均显著地向南掀斜，四周山地强烈抬升。周边的断裂活动，使地貌反差加大，湖盆范

渔舟唱晚（汪争摄）

围略有缩小。

继中更新世网纹红土堆积之后，湖盆普遍上升隆起，特别是周边上升强烈，构成围绕湖盆四周的岗地，其上分布着下更新统和中更新统网纹红土，因而使得湖盆面积大为缩小。从盆地第四纪历史来看，这次构造运动对盆地的影响较大，形成的盆地地貌与今日相似。

在中更新世晚期及晚更新世早期砾石层堆积以后，洞庭盆地在一段时间内表现为河网平原景观，至末次冰期的间冰期中，随着海面上升，长江水位变化，湖水几乎淹没整个洞庭湖平原，东、西洞庭盆地形成统一湖泊。这次成湖时期发生在晚更新世距今50 000～30 000年的间冰期内。

晚更新世末次冰期的最后时期（距今15 000～13 000年），气候酷寒，达冰期最盛阶段，海面大幅度下降，长江发生溯源侵蚀，洞庭湖开始萎缩，退化为沼泽并逐渐疏干为陆地。

中全新世的洞庭盆地整体上依然保持了前期的特征，为河网交织的平原景观。平原上广泛分布有新石器时代的文化遗址。

受全球气候影响，盆地区中全新世气候有过多次强烈变化。中全新世早期（距今8 000～6 000年），属于全新世气候最宜时期，气温较现今高出2℃，雨量丰沛。随着各河道来水量的增加和地壳的沉降，平原区湖泊扩展。

距今6 000～5 000年为全新世小冰期，气候又剧烈波动，降水极不稳定，常有洪水暴发，粗碎屑物质被带入平原区沉积。北部湖沼面积也大幅度减少。

距今5 000年以后进入中全新世晚期，地球气候自上次小冰期后气温又一次回升，降水平稳而丰沛，湖沼略有扩大。

距今4 000～3 000年，洞庭盆地东北部随着云梦泽发展到鼎盛时期，也在古沅江、资水、湘江下游汇合处积水成湖，洞庭盆地西部的古赤沙湖也相继成为湖沼。

距今3 000年前后，气候又进入小冰期，洪流暴发，大量泥沙淤积，湖泊再次缩小。

距今2 500年前西洞庭湖区地势较高，在牛鼻滩以东沅水分为两支，一支向东北，一支向东南，向东南一支与现代沅水位置一致，沿江地势较低；南洞庭湖区南北高、中间低；东部除现在东洞庭湖水域及大通湖区较为低洼外，仅湘江河道比较明显。随后长江分流出现了南盛北衰之势，使近2 000年来湖泊的发展从东洞庭湖近湖口处逐渐向南、向西，至唐宋以后，逐渐将古洞庭湖、青草湖、赤沙湖连为一体，形成了烟波浩渺的“八百里洞庭”。

洞庭湖的历史演变

先秦之后，云梦泽逐渐解体，江湖关系转变，直接影响到洞庭湖的演变。汉晋以来，长江流域人口逐渐增长，垦殖活动强度增大，自然植被受到破坏，长江的含沙量开始增高。随着荆北云梦泽的逐渐淤塞，荆江河床自动调节抬高，加上受西北—东南方向新构造掀斜运动的影响，荆江主泓道逐渐向南摆动。东晋时期，荆江南岸形成景口、沧口两股分流，汇合成沧水进入洞庭湖。洞庭湖由于承纳两口分泄之江水江沙，湖泊的淤积过程开始加速，形成大小不一的湖群。唐宋时期，荆江统一河床的形成，使边界条件发生重大变化。随着荆江堤防不断修筑，江面束狭，泄洪不畅，洪水水位开始抬升，江水顶托倒灌概率增大，每当大洪水通过荆江段常形成决口，“九穴十三口”形成。穴口大量分流长江洪水，使洞庭湖呈现明显扩张之势，湖盆向西、向南伸展，南连青草，西吞赤沙，水域面积扩大。形容湖水波澜壮阔的“八百里洞庭”便开始在这一时期的诗文典籍中出现。随着水域扩展，原来在汉晋时期彼此支离的洞庭、青草、赤沙三个湖泊在高水位时得以连成汪洋一片。由于受长江来水的影响越来越大，洞庭湖洪水上涨过程也相应发生显著变化，由唐宋以前以“春溜满涨”为主逐渐转变为以“夏秋水涨”为主。除由四水注入引起的“桃花汛”之外，长江夏秋水涨的洪水也影响到洞庭湖，使湖泊每年的洪水上涨过程由原来的单峰型转变为明显的双峰型。水位涨落幅度大，季节性差异悬殊，夏秋水涨，洪水一片，冬季水落，洲滩显露，季节物候分明。

宋代以后，荆江河床不断为泥沙淤积，洪水位持续抬升，使魏晋时“湖高江低、湖水入江”的江湖关系逐渐演变为“江高湖低、江水入湖”，洞庭湖水患日益严重。元、明、清三朝，随着荆江堤防的不断修筑和穴口的时决时塞，江患加剧，荆江溃堤、湖区溃垸频繁。从宋代开始，江湖关系开始发生历史性变化，人为因素是江湖关系变异的不可忽视的因素，江湖关系基本上由以前的取决于自然演变状况，逐渐转变为人为因素起着主导作用。

明嘉靖之后，中央政府采取“舍南救北”的治水方针，荆江北岸穴口尽堵，南岸保留太平、调弦二口与洞庭湖沟通。清代仍继续沿袭明朝的消极治水方针，在长江来水有增无减的情况下，一遇洪水则湖水泛滥四溢，湖面向外扩展已成必然之势。西洞庭湖和南洞庭湖就是在这一背景下逐渐扩大起来的。这一时期的洞庭湖，“每岁夏秋之交，湖水泛滥，方八九百里，龙阳、沅江则西南之一隅耳”。洞庭湖在唐宋时期西吞赤沙湖之后，向西南又有了迅速的发展。至清代中期

洞庭渔歌（周中耀作）

洞庭渔歌
甲午秋
中耀

以前，洞庭湖仍继续呈扩张之势，到道光年间进入先秦以来最鼎盛的时期。

19世纪中叶，洞庭湖开始由盛转衰，进入有记录以来演变最为剧烈的阶段。它从6 000平方千米的浩瀚大湖，萎缩到目前2 702平方千米，就是在这100多年时间内发生的。其主要原因就是人为和政策，导致咸丰、同治年间藕池、松滋相继溃口，荆江四口分流入洞庭湖局面的正式形成。由于四口自北而南奔流，夺流改道，不仅使四水三角洲平原被淹，而且还迫使四水改变流向，彻底打乱了原有水系格局。沅水尾闾的主泓被迫遗弃故道，改由大围堤西北方向入湖；资水尾闾的主泓也不再经由沅江县城侧，而是改由毛角口经杨柳潭入湖。四口和四水在湖内相互顶托干扰，使局部地区水位壅高。更为严重的是大量泥沙倾积湖内，四口入湖泥沙淤积形成的河口三角洲自西北向东南推进，加速了洞庭湖洲滩的发育。随着三角洲在湖内不断充填和南移东进，洞庭湖由此进入了迅速缩小的过程。伴随着泥沙淤积和洲滩的迅速扩展，湖区继之开展大量的围垦。湖泊变成洲滩，洲滩又成为垸土和湖田，洞庭湖“人进水退”的状况开始出现。清代湖区堤垸的兴修可以划分为两个高峰期。一是在康乾时期，康熙年间重视堤垸的修筑，允许围垦荒地，政府还曾拨出专项帑银资助湖区兴修堤垸，这样，到雍正、乾隆时期，湖区围垦到了“无土不辟”的程度。二是清末光绪年间，在荆江来沙成倍增长、洲滩迅速扩展的情况下，再次出现筑堤建垸的高潮，挽垸呈恶性膨胀，至清末洞庭湖总计有堤垸1 094座。

民国时期，围垦没有受到遏制，洞庭湖进一步萎缩。高位洲滩因每年显露期长，相继挽成堤垸已成必然之势。而中位和低位洲滩，因地势低下，每年淹没时间较长，修垸工程量大，且不适宜垦殖，这一类未经建垸的洲滩，当地俗称“洲土”。20世纪40年代中期洞庭湖已是洲滩广袤，湖体支离破碎，港汊交织，滩地发育系数达0.4左右。洞庭湖滩地发育程度如此之高，表明洞庭湖已进入它的衰老阶段。

中华人民共和国建立以后，认识和治理洞庭湖进入新的历史阶段。在连续遭遇1949年、1952年、1954年几次大水灾之后，治理洞庭湖进入中央政府的工作日程，以水利建设为重点的洞庭湖治理工程陆续上马。1954年长江流域规划办公室编制的《长江流域规划要点报告》中，明确提出长江中下游防洪，必须采取“蓄泄兼筹，以泄为主”，“江湖两利”的治理方针。在这个治理方针的指导下，洞庭湖治理工程主要经历了三个阶段。

第一阶段是从1949年到1985年，主要进行堵支并垸、排涝、撇洪河配套等初期建设。这一时期，洞庭湖区一般岁修土方都由湖区民众义务承担，几乎每个冬季，都有劳动大军奋战在湖区冬修大堤上。整个这一时期，洞庭湖的水利建设呈蓬勃发展之势，对于保障农业生产起到了积极作用。而到了20世纪80年代初至80年代中叶，因为农村体制变更等种种原因，水利建设投入不足，群众兴办水利的现象不再，湖区在水利建设上欠账较多。

从20世纪80年代中期开始，洞庭湖治理进入第二阶段，主要围绕实施由水利电力部批准的《洞庭湖近期防洪蓄洪工程规划》，简称“一期工程”。一期治理工程从1986年开始实施到1996年通过国家验收，历时10年。主要对重点堤垸进行加高加固，进行试验性蓄洪安全建设、洪道整治，初步改善了防汛通信报警设施。湖区11个重点堤垸1 191千米防洪大堤普遍比80年代以前加高1～2米，加宽2～3米，可以基本保证遇到与1954年同等水位洪水时不漫堤，24个蓄洪垸建设有了起步。

洞庭湖治理的第三个阶段从1996年开始，针对一期治理工程后湖区堤垸堤身断面不够、质量差、堤基渗漏严重、河岸崩塌、涵闸破旧老化、设计标准低等问题，编制了二期治理规划。主要内容包括堤防加高加固、洪道整治、蓄洪堤垸建设、治涝工程建设、防汛通信报警设施建设、水利结合灭螺等七大项，得到国家计委的同意和批复。在二期治理工程实施期间，洞庭湖的水情发生了一些变化。1996年、1998年、1999年连续发生特大洪水，综合治理大江大湖、保护生态平衡提升为确保国家长治久安、可持续发展的重大战略。从1949年开始的前期水利建设，主要考虑保障农业生产和群众生命财产，客观上看还只是属于治标的层次，根本上解决问题的规划和工程措施很少。如何标本兼治，加大洞庭湖的综合治理力度，实现经济社会协调平衡、可持续发展问题成为全社会关注的焦点。1998年长江流域特大洪水发生后，国家提出了“封山育林，退耕还林；退田还湖，平垸行洪；以工代赈，移民建镇；加固干堤，疏浚河道”的32字灾后重建指导原则，并相继启动了长江防护林工程、退耕还林工程，湖南省境内四水中上游地区基本上纳入到长防林和退耕还林工程范围，洞庭湖水系的水土保护工程开展实施。二期治理工程实施期间，三峡工程的建成与蓄水，大大减轻了湖区的防洪压力和洞庭湖泥沙淤积，有利于保持河湖的行洪能力与调洪能力，也减轻了湖区社会修防负担。这是湖区民众几代人的梦想。二期治理工程的实施完成后，它与三峡工程以及其他国家重点工程项目相互作用，能产生更大的叠加效益。

随着国家对洞庭湖的进一步保护、治理和合理开发，今天，“守护好一江碧水，复苏洞庭生态”成为湘人共识，洞庭湖也日益恢复其吞吐长江的磅礴气势。

洞庭湖是中国水量最大的通江湖泊，是长江最重要的调蓄湖泊，是湖南的“母亲湖”。洞庭湖地区是湖南省可持续发展最具活力的增长板块之一，是湖南水利安全、粮食安全和生态安全的重要基地，将成为湖南省乃至全国最重要的现代农业示范区、城市腹地经济支撑试验区和国家大江大湖生态保护与经济协调发展的探索区。如果把长江比喻为祖国的母亲河，洞庭湖则是这位母亲河的长子。它依偎在万里长江的中游，吞吐长江洪水，为长江解难分忧。因此，洞庭湖既属于湖南省，又是长江中下游地区的保命安民湖，其在调节气候、控制土壤侵蚀、调蓄洪水、降解污染物、维护生态环境等方面也具有十分重要的作用，它在补充地下水、碳循环、碳积累等方面的功能，虽然还不被人类深入研究和了解，但它是客观而实际的存在。同时，洞庭湖水域又是中国乃至世界上一块重要的候鸟越冬地和迁徙鸟类停息地，在世界生物多样性保护中占有极其重要的地位。……因此，洞庭湖的重要性不言而喻，作为世代生活于这片水域之畔的湖湘儿女，守护她，保卫她，义不容辞，刻不容缓！

谁第一，谁第二

洞庭湖的重要性一直未改变

洞庭湖是湖南人的“母亲湖”。

它是迄今为止，长江最重要的调蓄湖泊、洪道性湖泊，也是唯一吞吐长江的大湖。因为长期以来它和长江的物质能量交换，泥沙淤积，洞庭湖的浩瀚湖面被洲土垸田分割，形成了目前东洞庭湖、南洞庭湖和西洞庭湖三足鼎立的局面，它们由洪道和湖沼连接，统一的湖体水域不再存在。这是自然因素和人类活动双重作用影响、叠加的结果。洞庭湖无可奈何地面对这一现实。但无论如何，洞庭湖是一个系统，是一个湖泊体系，它由天然湖泊、洪道和一系列垸内湖泊组成，履行着湖泊的基本功能。

（一）洞庭湖的流域面积相当于中国国土面积的七分之一

洞庭湖的实际面积因时空和水位变化而不同，因此它只能是一个相对而且动态的数字，过去曾有2 625平方千米、2 691平方千米、2 791平方千米、4 040平方千米等不同说法。这些说法并不是互相矛盾，而是随着科学技术的进步，我们在探求洞庭湖面貌的过程中不断获得的新认知。

现在我们认为洞庭湖的流域面积为126.28万平方千米。这是什么概念呢？它相当于我国国土面积的七分之一，仅小于新疆而又大于西藏，是世界第一大淡水湖苏必利尔湖流域面积的10倍。可以说，洞庭湖流域面积之大超乎一般人的想象。

过去我们对洞庭湖流域面积一般表述是26.28万平方千米。湖泊流域面积是指汇入湖泊的来水区域的大小。湖泊集水区域的大小，对湖水的补给来源、湖泊蓄水量、湖水水情的变化以及湖水水质都有一定影响。从这个角度来看，把洞庭湖的湖泊流域面积认定为仅仅26.28万平方千米，是不全面的，不符合事实。2013年，我们第一次将长江上游的流域面积计入洞庭湖的水系流域面积，得出这样的结论："若加上长江四口分流入湖的流域面积，洞庭湖水系流域面积约达130万平方千米，占中国国土面积的七分之一。"

在洞庭湖流域面积的认定上，之所以存在较大的差异，主要涉及两个关键标准，一是流域边界的界定差异，二是河流与河流集水面积分水岭的界定差异。不管用何种方法测量计算均要统一这两个标准，否则难以达成共识。笔者个人的看法是，这不是技术标准问题，而是认知角度问题。

对洞庭湖流域面积的不同认定，是复杂的江湖关系的一种表现。洞庭湖的水系包括湘、资、沅、澧四水，长江四口和东、南、西洞庭

南洞庭王家河区域湖边（彭征宇摄）

湖水系等几个部分，而湘、资、沅、澧四水和长江四口占主要地位。湖区的老百姓把四口称之为“北水”或者“西水”，因为它们来自长江来自四川，而把四水称为“南水”。（湖北人则把四口称之为“荆南四河”，“荆”指长江荆江段。）通过汇入地表水的径流量，可以看到通过四口到达洞庭湖的长江来水比重。过去60余年间，洞庭湖每年平均入湖径流总量为2 803亿立方米，其中长江四口为940亿立方米，占多年平均入湖径流总量的33.5%。1954年年径流量最大，总入湖年径流量为5 268亿立方米，其中四口为2 330亿立方米，占44.2%。从历史上看，高的年份，洞庭湖分流长江几近一半，低的年份，也在五分之一以上。

四口的径流来自长江，来自昆仑山脉、唐古拉山脉、巴颜喀拉山脉，来自荆州、宜昌上游广袤的鄂川渝黔地区。很显然，把四口水系的流域面积圈限在区区6 756平方千米内，是不科学的，因为它的范围仅仅只有湖北、湖南两省的13个流经县（市），这样的弹丸之地产生不了940亿立方米的地表径流。而黄河的平均径流量是580亿立方米，鄱阳湖的径流量是1 200亿立方米，长江四口介于黄河和鄱阳湖之间的巨大地表径流量，只有特别大的流域才能与它匹配。

（二）独特的洞庭湖就是一条“洞庭河”，是第二条长江

洞庭湖是一个湖泊体系，而不是单个的湖泊。洞庭湖是唯一调蓄长江的通江大湖。洞庭湖分流长江的这种特殊现象，是复杂江湖关系的一种表现，在中国是唯一的，在世界上也是少见的。长江荆江段古有“九穴十三口”在南北两岸分流，但1542年郝穴堵口，荆江大堤成形，至19世纪六七十年代形成四口向南分流汇入洞庭湖，从而形成其地表径流多年均值940亿立方米的局面。长江与洞庭湖之间的水量交

换、河床湖盆的自然演变及其产生的物质能量转换，其复杂性与重要性在世界上是独一无二的。

万里长江水系发达，有大小支流7 000余条。只有荆江河段的松滋、虎渡和藕池三条河不入江，而是江水入河，它们不是长江的支流，而是长江的下游，这是一个独特的存在。长江通过它们向洞庭湖分流水沙，进行物质能量交换，然后湖水再通过城陵矶还江。通过四口与长江连接的洞庭湖，实际上已成为长江主泓的备胎和另一条通道。万里长江荆江河段九曲回肠的特质就表现在洞庭湖，它决定了江湖关系的复杂性。

洞庭湖本来就是洪道性湖泊，在承接分流长江洪水的任务后，洞庭湖在整体上成为长江洪水的过道，它的河流性特征愈来愈明显，因而可以说，它就是一条“洞庭河”，第二条长江。洞庭湖的河流性特征表现在，无论丰水期还是枯水期，湖泊上下游水位落差都相当大，水位时空分布不均，有明显水面比降，吞吐流是洞庭湖的主要流型，十分突出，已具有河道的特征。湖流流态基本上呈现由西洞庭湖经小河嘴向南洞庭湖、再向东洞庭湖直至从城陵矶出口入长江的单一流动，仅在局部湖汊或湖湾区有流向偏转，出现回流现象。也就是说，洞庭湖湖流是各股入湖河道的入流在湖泊中汇合，再经出湖口泄流的流态组合。

就江湖关系而言，完全可以视长江上游为洞庭湖（河）的上游，长江中下游就是洞庭湖（河）的下游，洞庭余波。洞庭湖就是荆江的另一种存在，一如戏剧舞台的A角和B角。如果说清代学者王闿运的“大江东去，无非湘水余波”还可以看成是狂放之言，我们说“大江东去，洞庭余波”则没有逻辑问题。

岳阳楼前洞庭湖水域

（三）洞庭湖是三湘四水的总开关，长江中下游地区的生态屏障

湖南省的地形构造十分奇特，东、南、西三面环山，呈比较规则的马蹄形，洞庭湖居北部马蹄口。这个地势使湖南省全域地表径流从四面八方向洞庭湖汇集，洞庭湖的流域面积几乎囊括全省，为洞庭湖在古代赢得了“九江”的名声。在人流物流以水运为主要方式的漫长历史时期，洞庭湖“北通巫峡、南极潇湘”，成为三湘四水的总开关，城陵矶三江口成为生动传神的“水龙头”。这种山川形胜是亿万年来地质运动的杰作，造物主的安排。

在现实生活中，湖南人无论在过去征服自然、改造自然、人定胜天的年代，还是尊重自然、顺其自然、与环境资源友好协调和谐共生的时期，只要抓住了这个总开关、水龙头，也就抓住了主要矛盾，牵住了牛鼻子，往往事半功倍，能达到预期目标。

今天的洞庭湖，面临着人类活动过度开发造成的环境和生态问题，它的水质在变差，鱼在减少，土壤被污染，生物多样性在退化，洪水的巨大威胁仍然存在，母亲湖在呻吟。水里出现问题，根源在岸上；下游得的病，原因在上游。洞庭湖生态环境整治，必须是全流域地区的综合治理，涉及上下游、左右岸同治。2016年，湖南省启动洞庭湖水环境综合整治五大专项行动。同时，“十三五”期间湖南省将在洞庭湖完成总投资达2 700亿元的632个项目。根据《洞庭湖生态经济区水环境综合治理实施方案》，湖南省将围绕修复水生态，实施沟渠塘坝清淤增蓄专项行动；围绕农业面源污染治理，实施畜禽养殖污染整治行动和河湖围网养殖清理专项行动；围绕城乡生活污染防治，实施河湖沿岸垃圾清理专项行动；围绕工业点源污染防治，实施重点工业污染源排查专项行动，2017年全面完成。2017年12月，湖南省又印发《洞庭湖生态环境专项整治三年行动计划（2018—2020年）》，通过不懈努力，至2020年，洞庭湖区三年累计巩固提升农村饮水安全人口224.36万，任务完成率139%，自来水普及率达到90%以上，2020年农村水质达标率为84.96%。三年累计完成6.42万公里沟渠疏浚和11.2万口塘坝清淤，恢复了垸内沟渠连通性能和塘坝蓄水能力，改善了垸内水生态环境，构建了旱能灌、涝能排的沟渠塘坝生态活水网。洞庭湖区农村饮水安全巩固提升、河道采砂管理、沟渠塘坝清淤疏浚等生态环境整治三年行动计划目标任务全面完成。环洞庭湖河流水质总体为优。

洞庭湖是长江洪水的另外一条过道，它集纳四水汇入长江，又把四口来水还给长江，它是长江中下游的重要生态屏障。管好这个总开关，保护好洞庭湖一湖清水，给万里长江母亲河增添新的生命活力，成为三湘儿女义不容辞的责任。

能为长江分忧解难的，唯有洞庭

洞庭湖居“五湖之首”，以前没有人质疑过这一点。但洞庭湖的实际地位在现实生活中，在人们的认知观念里已大不如前，早已一落千丈。笔者认为原因主要有三个：第一，中国从计划经济转向市场经济，在从“以粮为纲”、全民大办农业、解决温饱问题到发展第二、第三产业，实现全民共同富裕的过程中，以传统农业为主的洞庭湖地区，地位一直在下降。第二，1962年8月出版的《十万个为什么》，首次提出洞庭湖降为第二大湖泊。半个多世纪以来，这个说法成为官方和主流的意见，虽然还有一些专业工作者不认同，但在现实中，包括湖南人在内的干部群众大都认为洞庭湖已成为“老二”，是鄱阳湖的跟班小兄弟。第三，三峡工程开工特别是库区蓄水至175米正常水位运行后，全社会几乎都认为长江中下游地区的防洪保安问题已基本解决，长江安澜的趋势整体形成，洞庭湖分洪蓄水的功能似乎也就显得不那么重要了。

上述第一个原因，与时代和社会发展相关联，不以人的主观意志为转移。但后面两个，却是人们对客观世界的认知发生偏差所致。社会普通民众基本建立了对洞庭湖的错误认知，否定了洞庭湖过去一两百年以来形成的调蓄长江、保命安民的重要地位。

江湖连通，本是自然界自我演变的结果。但现在的长江中下游地区，除了鄱阳湖和洞庭湖，原来的通江大湖如洪湖等，与长江的自然连通几乎已全部被切断。

洞庭湖和鄱阳湖虽然都是通江湖泊，但它们又不一样。洞庭湖是吞江湖泊，而鄱阳湖不是吞江湖泊。“吞江湖泊”即吞吐长江的湖泊，该词源自范仲淹《岳阳楼记》中的“吞长江”一语，即吞吐长江、调蓄长江。长江通过四口向洞庭湖分流水沙，进行物质能量交换，然后再通过城陵矶三江口还江。这种江湖关系在长江汛期能起到调蓄洪水、防洪保安的重要作用。而鄱阳湖只通过湖口一处与长江连通，其江湖关系相对洞庭湖来说十分简单，即使在长江高洪水位期间，长江水通过湖口倒灌进入鄱阳湖，其多年均值也不过区区25亿立方米，略高于湖南省钱粮湖蓄洪垸的蓄洪容量（22.2亿）。对比中央下达给洞庭湖的蓄洪任务160亿～170亿立方米，可以说鄱阳湖的这个数值对于长江洪水来说是微不足道的。而且长江水倒灌鄱阳湖的必要条件是：长江九江与湖口水位落差在0.52米以上，同时鄱阳湖星子站与湖口站水位落差在0.12米以下。也就是说，当长江有防汛需要时，鄱阳湖区不能分洪。所以我们说鄱阳湖仅仅是自然通江，而不是调蓄

退水后的洞庭湖

长江的湖泊。能为长江分忧解难的，只有洞庭湖。

吞吐长江的大湖，有“五湖之首”的底气

从1949年到三峡工程建成，1954年、1998年长江中游的宜昌都记录了洪峰流量大于6万立方米每秒的洪水，四口平均分流能力为2.2万立方米每秒，占长江洪峰的34.5%。1951—2000年，洞庭湖多年平均总入湖洪峰流量4万立方米每秒，出湖流量2.7万立方米每秒，削峰流量1.2万立方米每秒，削峰比为32.1%。最大削峰值出现在1998年，削峰2.8万立方米每秒，削峰比为43.9%，最大削峰比出现在1990年，削峰比为49.1%。

三峡工程建成运行后，我们又经历了2016年、2017年、2020年三次大的洪水。其中2017年7月1日入湖流量达到历史极值8.15万立方米每秒，超过三峡入库极值7.2万立方米每秒（2020年8月19日），削峰比为39.3%。而在2016年，洞庭湖的贡献更大，削峰比达到48.7%，仅低于历史极值的1990年。2020年，长江发生全流域洪水，洞庭湖最大入湖流量为7月9日的5.15万立方米每秒，最大出湖流量为7月12日的3.32万立方米每秒，削峰比为35.5%。洞庭湖表现出来的调蓄能力让我们震撼。

洞庭湖是唯一吞吐长江的大湖，仍然是长江中游调蓄洪水最重要的水域，维持这一调蓄能力对长江中下游防洪至关重要。直到今天，这个湖泊所发挥的巨大作用没有减弱，我们没有理由加以忽视。洞庭湖应稳居中国“五湖之首”，流行了60年之久的洞庭湖“下降为第二大淡水湖泊”的论调，可以休矣！

洞庭湖“下降为第二大淡水湖泊”的认识误区的不良影响

1962年8月出版的《十万个为什么》，首次提出洞庭湖下降为中国第二大淡水湖，而认为鄱阳湖是第一大淡水湖。近60年来，这个说法对洞庭湖的研究、保护和开发，产生了一系列的不良影响。

比如在国家发展战略层面，《鄱阳湖生态经济区规划》于2009年12月12日经国务院批准实施，不仅比《洞庭湖生态经济区规划》早出台五年，而且二者在本质上定位大不相同。鄱阳湖的发展定位是：全国大湖流域综合开发示范区，长江中下游水生态安全保障区，加快中部崛起重要带动区，国际生态经济合作重要平台。围绕上述定位，鄱阳湖生态经济区要着力构建安全可靠的生态环境保护体系，调配有效的水利保障体系、清洁安全的能源供应体系、高效便捷的综合交通运输体系；重点建设区域性优质农产品生产基地，生态旅游基地，光电、新能源、生物及航空产业基地，改造提升铜、钢铁、化工、汽车等传统产业基地。而对洞庭湖的规划定位则是，建设全国大湖流域生态文明建设试验区、保障粮食安全的现代农业基地、“两型”引领的“四化”同步发展先行区、水陆联运的现代物流集散区和全国血吸虫病综合防治示范区。这就显得相对单薄，在国家认知层面，对洞庭湖的发展定位，规划上与鄱阳湖相差一大截，导致洞庭湖的地位进一步下降。

即使是湖南人，对洞庭湖的认知也出了问题。长沙在历史上就属于湖区，居于湘水尾闾，长沙的城区均处于堤防的保护之下。但湖南目前把长沙市排除在《洞庭湖生态经济区规划》之外，撇开了省城的

洞庭湖大桥

生态经济区，洞庭湖区与鄱阳湖区相比自然不在一个层次。

此外，洞庭湖治理建设和研究项目的布局较之鄱阳湖偏小偏少。近几年来，洞庭湖区获得的国家层面在水利等建设方面的投资仅为鄱阳湖的三成左右。

中国科学院南京湖泊和地理研究所是湖泊研究领域的国家队，在太湖、鄱阳湖、抚仙湖、呼伦湖、天目湖等多处设立二级研究机构，但在研究江湖关系的最佳地点洞庭湖却没有建立研究站。1980—2000年南京湖泊和地理研究所的110项科研获奖项目中没有关于洞庭湖的，2018—2021年院地合作的63个项目中没有关于洞庭湖的，1999—2021年出版的专著中也没有关于洞庭湖的。

这不正常。

对天然湖泊的简单排序已严重影响到全社会对洞庭湖的正确认识，从而影响了政府的宏观决策。

洞庭湖认识误区辨正

认识复杂的大自然，是一个不断深入的过程。传统河湖学的个别定义，如河远唯长、湖面唯大的排序方法已越来越不适应人类认识自然的需要。对自然实体的排名，本来是为了方便我们认识大自然，如果适得其反，就需要学界建立起新的标准体系，推进社会的正确认知。例如在水文学上，一般以河长里程确定河流的排序，但也有例外。湖南人在看待四水问题上的专业立场，有助于我们更科学地看待自然，正确认识江河湖泊。湘江全长856千米，流域面积9.47万平方千米，多年平均径流量为791.6亿立方米；沅江干流全长1 033千米（一

南洞庭湖丰水期（汪鹏摄）

说1 133千米、1 022千米），流域面积8.92万平方千米，多年平均径流量393.3亿立方米。如果从河长里程看，沅江比湘江长180千米左右，但我们没有认定沅江是湖南省的第一大河，湘江是湖南省的第二大河流。湖南人把湘江看成母亲河，但一般不称沅江是湖南人的母亲河。这是因为：湘江在水文特征上有多项指标均超过沅江，而且在湖南历史发展的长河中，湘江流域地位一直特别重要，而沅江流域经济社会发展相对滞后。湘江是湖南省的第一大河，沅江是湖南省的第二大河流，这个定论已为社会各界包括水文水科学领域完全接受。

湖泊也是一样。它的排序应该有一个综合的指标，而不应该是单单考虑某一项指标。从湖泊收集地表径流的集水功能上看，它的地表径流量、流域面积等指标的权重应该更大，而其他如水深、湖容、面积等，在纳入考察指标体系时权重也就相应减小。总之，给湖泊排名是为了更好地研究湖泊，帮助我们认识大自然。对于洞庭湖或者鄱阳湖，也是如此。

考虑到洞庭湖是洪道性湖泊的性质，1978年把洞庭湖面积定为2 740平方千米是不科学的，洞庭湖的水面范围划界应包括其洪道和垸内湖泊，因为它们是洞庭湖不可分割的整体的一部分。目前，湖南省自然资源事务中心通过卫星遥感监测显示，洞庭湖盆及其承纳的水体面积，通江湖泊有2 702.74平方千米，通江洪道有1 140.91平方千米，垸内湖泊有1 578.33平方千米，三者之和为5 421.98平方千米，大于鄱阳湖的最大面积5 050平方千米。从湖容上看，目前洞庭湖通江湖泊的最大湖容是240.03亿立方米，鄱阳湖的湖容为260亿立方米，鄱阳湖通江湖泊的湖容大于洞庭湖。但洞庭湖的总库容，如果不纳入通江洪道和垸内湖泊的容积，那是非常不完整的，它反映不了调蓄湖泊洞庭湖的真实能力。

综合考虑各方面的因素后，我们认为洞庭湖“下降为第二大淡水湖泊”的说法是一个伪命题，洞庭湖仍然是中国最重要的淡水湖泊。洞庭湖的流域面积在100万平方千米以上，已占中国国土面积的七分之一。这个巨大的流域面积，能充分保证流入洞庭湖的平均径流量年值3 018亿立方米，它是鄱阳湖的3倍、太湖的10倍。如果洞庭湖是第二大淡水湖的话，谁能当第一？

洞庭湖的重要性一如既往，从来没有改变，是因为它的主要功能未曾改变。最重要的一点是，与其他湖泊相比较，洞庭湖在调蓄长江、为长江中下游地区提供防洪保安的功能一直没有改变。三峡工程建成前是这样，三峡工程建成运作后还是这样。全社会尤其是湖南人对洞庭湖应该有一个全面的、实事求是的认知，不再等闲漠视，或者人云亦云。

加强洞庭湖的学科建设

过去几年，湖南省研究洞庭湖的力量十分分散，从严格意义上讲，从省城到湖区四个市，从科研单位到高校，还没有专门的湖泊研究机构和人员。这与洞庭湖本身的重要性、湖南省经济社会发展的要求极不相称。开展对洞庭湖的湖泊科学研究，是洞庭湖一切保护和开发工作的基础和出发点。《湖南农业大学学报》1998年第24卷发表谢凤阳的《洞庭学论纲》，第一次较为系统地提出了“洞庭学”的概念。谢凤阳把洞庭学定义为研究洞庭湖区的自然环境、治理开发、历史文化、社会现实的科学。他提出要加强洞庭湖学科建设，设立综合性的洞庭学。

我们认为，洞庭学的概念涵盖地质科学、湖泊科学、生态科学、工程技术科学、人文社会科学等多个学科门类，即从综合学科的视野探究洞庭湖的形成、演变、发展的规律。它的第一个核心圈就是湖泊科学；第二个核心圈是地质科学和生态科学；第三个核心圈才是湖区的经济建设、人文和工程技术科学等方面。具备综合学科的视野来研究洞庭湖，方能摆脱在洞庭湖的开发和治理过程中单纯注重水利建设、农业生产的片面性，更多地关注洞庭湖的生态问题，在生态环境整治攻坚战中，科学划定生态红线，预留好湖区民众生产生活的发展空间，达到人水和谐，人和自然协调发展。

正宗江南

“江南”是一个具有多重含义的词语。

从理论上讲，凡是东西走向的大江大河都有江南或者河南，这是地理学的概念。

但江南又是一个具有历史文化意义的概念，包含着许多意象和画面。“江南可采莲，莲叶何田田。鱼戏莲叶间，鱼戏莲叶东，鱼戏莲叶西，鱼戏莲叶南，鱼戏莲叶北。”这是一首描述江南的汉乐府民歌。人们似乎可以看到湖面上一望无际的碧绿的荷叶，下面自由自在、欢快戏耍的鱼儿，听到小船上采莲的俊男美女的欢声笑语。

诗情画意的江南，又岂是这一首乐府民歌能完全表现的？但无论如何，江南意象的核心是水。说起江南，人们总是把“江南水乡”四个字联用，“画船听雨眠”“女儿回娘家，隔水喊妈妈”……

江南，等同于“鱼米之乡”，代表着“温柔”“富饶”。

今天，中国人心目中的江南主要指太湖流域的杭嘉湖平原地区，也就是杭州、嘉兴、湖州、苏州和无锡一带。如果有人说最早的江南、正宗的江南，是在长江中游的洞庭湖地区，恐怕很多人要跌破眼镜。

然而，事实就是如此。文献中最早记载的“江南”，是指长江中游的南岸地区。《史记·五帝本纪》：“（舜）年六十一代尧践帝位。践帝位三十九年，南巡狩，崩于苍梧之野。葬于江南九疑，是为零陵。”苍梧、九疑山、零陵都在长江中游以南，现今湖南省行政区域范围之内，而不是在长江下游。司马迁笔下的江南，所指地域十分清楚。

从历史上考察，江南地理概念的出现，与楚国势力兴起，越过长江向南拓展有关。商周以前，中国历史的主要舞台在北方中原。春秋中期起，楚人南徙，大力开发了洞庭湖、湘水、资水等流域一带地区。楚灵王偕同郑伯、许男等一干随员离开郢都到洞庭湖里打野鸭，“召诸侯以田于江南之梦”，这个地方在“华容县东南巴丘湖”，就是现在的华容县青草湖。我们估算从荆州出发到常德、岳阳、益阳一带，不过一两百里路程。另外，楚国向江南用兵的路线大致有两条：一是从鄂州出发，经嘉鱼、汨罗这两个重要据点，再沿湘水流域向南展开；另一条是从郢都出发，经今湖北松滋、湖南澧县和临澧以至常德，进入澧水、沅水、资水流域。东线的湘水和西线的沅水通航里程长，都是舟师用武之地。“为舟师以伐濮”，则应是自长江进入沅水，水陆并进，席卷百濮散居的澧、沅流域，进而占有今湖南境内的整个资水流域，直达湘水中上游处。楚国从春秋中期开始就越过了长江，力量已遍及洞庭湖及其周边地区，这里已成为楚国的新疆域——江南地区。楚国史专家郭仁成先生的研究结论表明，楚人统治的江南地区包括三部分：一是湖南的洞庭湖地区，雪峰山以东，南岭以北，主要是湘江、资江两流域；二是湖北省洪湖以下，广济（武穴）以上这一段长江以南的地区；三是江西省鄱阳湖东西两岸修河、锦江、鄱江、信江流域，赣江下游以及长江以南九江、德安、湖口、都昌、彭泽等地。

2021年，《中国国家地理》杂志第一、第二期做了“湖南专辑”，主编单之蔷先生在开篇《湖南：另一个江南》中说，他过去从未把湖南的形象与江南联系起来，但后来看到了沈从文笔下的湖南，实地考察中又发现湖南以洞庭湖和四水为主干组成四通八达的水运网络，而水乡是江南元素的核心，所以可以把湖南看成另一个江南。“湖南这个江南是粗犷的江南，霸蛮的江南，果敢的江南，毅然决然的江南。”单先生没有说错，但他忽略了楚人越江南下经营洞庭湖周边地区几百年的历史。是楚人最早推出了“江南”这一概念，长江中游地区的江南才是中国最早的江南，正宗的江南。

那么楚国人是如何看待他们的江南呢？我们以屈原为例。楚怀王被秦国骗去软禁，客死他乡，屈原为其招魂。因为秦国在西北，怀王需落叶归根，葬回老家，屈原在《楚辞·招魂》里把楚王的故土写成了江南：“皋兰被径兮，斯路渐。湛湛江水兮，上有枫。目极千里兮，伤春心。魂兮归来，哀江南。”大王的魂魄回来吧，庇佑您曾经生活过的江南土地。洞庭湖地区是楚国的新疆域，并不是核心地区，屈原为什么要把江南——洞庭湖地区看成楚王的归魂之地和精神家园呢？江南的地位如此之高，应该有这么几层缘故。一是江南已发展为楚国的重要区域，楚威王时洞庭湖平原和湘中地区已成为重要的粮食生产基地，是楚国的粮仓。二是在秦楚交锋的过程中，楚国在不停割地求和，其核心版图一步一步为秦国蚕食，江南已成为抗秦的重要基地，是新的希望所在，比江北更安全。三是楚国统治者对南方长期实行和平睦邻政策，楚人重商，过江而来的楚人与越濮土著互通有无，注重经济上的贸易往来，不轻易以兵戎相见，所以各民族之间的融合

洞庭晨霭（周中耀作）

较快，到战国时期，已有越来越多的土著和外来的楚人相互认同，不存畛域之见了。

直到唐朝，人们说起江南，所指也还是长江中游以南的洞庭湖地区。安史之乱后杜甫出夔门下长江过洞庭湖，投靠湖湘的朋友，遇到老朋友李龟年，写了《江南逢李龟年》。诗中说“正是江南好风景，落花时节又逢君”，把“江南”这顶桂冠妥妥地戴在湖南头上。

为什么说长江下游以“南”的广袤土地不是最早的江南呢？在中原人看来，滚滚长江东逝水，长江以“南”才是为“江南”，但在江西九江至江苏南京之间的江段（安徽境内又称“皖江”）却呈西南往东北走向，以此江段为基准，长江下游只有“以东”“以西”，而无“以南”。“江东”是指长江以东地区，北人坐北朝南，以东为左，所以又称“江左”；长江以西地区称为“江西”，以西为右，故又称“江右”。因此，从先秦至隋唐时期，更多用“江东”“江左”指代长江下游地区。江南是江南，江东是江东，其界限是十分清楚的，绝对不会把长江下游的江东说成是江南。

楚汉相争，项羽在垓下大败，东渡乌江还可能东山再起，当地亭长备船以待，宽慰项羽说：“江东虽小，地方千里，众数十万人，亦足王也。”但项羽却说：“籍与江东子弟八千人渡江而西，今无一人还。纵江东父兄怜而王我，我何面目见之？”他们在对话中说的都是江东，项羽还特别提到当年反秦是“渡江而西”。乌江县和乌江亭在今安徽省和县，可见那个时候江东还包括现今安徽省在长江以东的地方。但两千年后离和县不算远的泾县发生皖南事变，周恩来在《新华日报》发表谴责国民党袭击新四军、破坏抗战的声明，说的却是“千古奇冤，江南一叶。同室操戈，相煎何急？”长江还是这条长江，地方还是这块地方，但江东已变成江南，是人们的观念认知变了。

洞庭湖的内湖

千万年来，洞庭湖经历了沧桑巨变，“龙宫变闾里，水府生禾麦”。原本统一的湖体支离破碎，被分割为东洞庭湖、南洞庭湖、西洞庭湖的同时，还有很多的湖域尾汊被堤垸肢解成为内湖。湖区有“外湖”“内湖”之分，我们常常会听到“外湖在涨水”“外湖的鱼”这样的话。外湖是指自然通江的洞庭湖，即东洞庭湖、南洞庭湖和西洞庭湖，它在堤防之外。在湖泊学的意义上说，洞庭湖属于外流湖。洞庭湖区的内湖则一般是指堤垸以内星罗棋布的大小湖泊，大的内湖如大通湖，面积十几万亩，小者百十亩不等。这些内湖虽然具有湖泊学中的内流湖的一些属性，却又不能完全等同于内流湖，可以看成是洞庭湖的另一种特殊形式的存在。洞庭湖的外湖和内湖，它们在历史上曾连成一片，后来因为自然或者人为的因素分隔开来，但它们仍然是一个有机的整体。如果忽略了大大小小的内湖，得到的洞庭湖自然数据就不真实和完整了。

青山岛全景（汪鹏摄）

“千湖之省”，湖南的新名片

因为人类活动的影响，一些天然湖泊在不断缩小和消亡。比如说，湖北省曾有“千湖之省”的美名，但其湖泊已由1949年前后的1 052个下降到目前的309个。武汉市号称“百湖之城”，但武汉的城建史事实上是一部填湖史，湖北被网友吐槽为“湖悲省”。

在大湖之南，我们欣喜地看到另一番景象，洞庭湖区的垸内湖泊个数在增加，水面在扩大。“千省之湖”的桂冠已妥妥地戴在湖南省头上，并且成为一张金灿灿的名片。

湖泊水域是重要的国土资源。目前，洞庭湖区比较大的内湖，有大通湖管理区的大通湖，汉寿县的围堤湖、安乐湖和南湖，临澧县的毛里湖，临湘市的冶湖，益阳市的烂泥湖，常德市的鹰湖、柳叶湖和冲天湖，安乡县的珊珀湖，华容县的东湖、塌西湖，澧县的北民湖，湘阴县的鹤龙湖，岳阳市的芭蕉湖、南湖等。其中大通湖原为洞庭湖的主体湖域，后来演变为东洞庭湖、南洞庭湖之间的一大湖湾。清光绪年间，其东接东洞庭湖，西邻目平湖，北经藕池河与长江沟通，因而得名“大通湖”。1951年，湖南省动员民众筑堤围垸，大通湖成了垸内湖泊，内湖水面达313平方千米，作为洞庭湖蓄洪垦殖试验区，在长江防洪理念的主导下开展农工生产。20世纪60年代，对大通湖内湖部分水域继续围垦，湖面缩小至185平方千米。后经70年代以来的持续垦殖，大通湖今日面积114.2平方千米，长16.2千米，最大宽12.3千米，平均宽7.05千米，最大水深3.5米，平均水深2.89米，蓄水量3.3亿立方米，是洞庭湖区最大的内湖。

对洞庭湖区内湖的认知，长期以来存在一个误区。我们先入为主地认定在人类活动的影响下，湖区的内湖在消亡，水面在急剧减少。但是，近年来湖南省有关部门通过现代技术手段研究洞庭湖，得出的结论却颠覆了我们的传统认知。湖南省自然资源事务中心主持的《洞庭湖区生态环境变化遥感监测研究》课题，研究报告精准指出自1938年以来，洞庭湖垸内湖泊数量与面积呈增加趋势。

我们先看一看，这些湖泊是如何从遥感卫星眼皮底下“冒”出来的。

一是洞庭湖的高位洲土被围垦后，堤垸中的低洼积水区域、河道、湖湾等从洞庭湖主体中析出，形成残留型内湖和哑河型内湖，它们实际上是洞庭湖的残留或转换，离开母体，时间变换但空间未变。残留型和哑河型内湖，既存在随着堤垸内土地的不断开发利用或泥沙的不断淤塞，其数量与面积不断萎缩甚至消亡的情况，又存在由于退田还湖或加强水产养殖等政策性调整，其数量与面积持续增加或扩张的情况。二是针对湖区周边山前沟口来水修建拦撇洪蓄水灌溉等综合治理工程，因而形成水库型内湖，它们不属于洞庭湖母体，与通江湖泊的围垦无直接关系。作为水利工程的水库型内湖，后期几乎不被围垦，数量与面积变化很小。综合统计这几种内湖，自20世纪三四十年代以来的80年间，洞庭湖区面积在0.125平方千米以上的垸内湖泊总体呈增加趋势，数量从640个增加到1 057个，已超过湖北省在新中国成立前后的湖泊数量；面积从1938年的994.33平方千米增加到2018年的1 578.33平方千米，增加584平方千米。这实际上是自然和人类叠加用力，用占补平衡的方式调整洞庭湖的水陆交换。

虽然洞庭湖区内湖数量与面积呈增加趋势，但在不同时间段其增减变化也不尽相同。1938年、1978年分别出现低值，而1958年、2018

沉舟侧畔春光媚（彭征宇摄）

年出现两个峰值，且1978年的低值略大于1938年的低值，2018年的峰值明显大于1958年的峰值。这些特征表明，新中国成立初期洞庭湖区的内湖数量与面积迅速增长，至1958年达到高值，但接下来的20年中又快速萎缩，至1978年减少到接近1938年的低值。1978年后，内湖数量与面积均持续增加，2008年恢复到1958年水准，2018年达到历史最大值。近80年来，洞庭湖区内湖数量与面积经历了增加、减少、再增加的三个时序变化阶段。

1938年至1958年，这20年内湖总体在增长。其中，新中国成立前的10年增长速度相对缓慢，中华人民共和国成立初期的10年则迅猛增长。

清咸丰、同治年间，长江四口向洞庭湖分流的局面形成，入湖泥沙急剧增长，在华容县西南，与安乡、龙阳县交界处的赤沙湖、天心湖一带淤出纵横两百余里的三角洲，为围湖垦殖提供了高位洲滩。围垦后的堤垸中形成大量内湖，规模较大者有目平湖西部的半边湖、太白湖、太和湖，洞庭湖南部民主垸中的注澜湖、长泊湖，烂泥湖垸中的烂泥湖、凤凰湖、鹅公湖，东洞庭湖西部的东湖、西湖、牛氏湖、塌西湖以及七里湖附近的珊珀湖、毛里湖等。其时大通湖与东洞庭湖连为一体，尚未成为内湖。至20世纪三四十年代，洞庭湖区连续遭受特大水灾，为防范水患，省政府颁布命令“严禁围垦新垸”“严禁盗修淤洲堤垸”，这些禁令产生了一定效果，抑制了对通江湖泊的围垦。内湖的增加相对减缓，数量由1938年的640个增加到1948年的645个，年均仅增加0.5个；面积从994.33平方千米增加至1 064.51平方千米，年均增加7.02平方千米。

中华人民共和国成立后，洞庭湖区由于1949年、1952年、1954年连续发生大水，因而实施了一系列以蓄洪垦殖为重点的湖区水利建

鹤龙湖水产养殖基地（汪鹏摄）

设。如1951年大通湖蓄洪垦殖工程，使大通湖从东洞庭湖分离出来；1952年，实施南洞庭湖整修工程，使原为南洞庭湖组成部分的鹤龙湖演变为烂泥湖垸的内湖；1954年特大水灾后，实施西洞庭湖蓄洪垦区工程，柳叶湖、鹰湖、冲天湖从西洞庭湖分离。尽管这些内湖大部分后来被改造为农田，但此时的内湖仍然达到近80年间的鼎盛时期，数量由1948年的645个增加到1958年的800个，年均增加15.5个，面积由1 064.51平方千米增加至1 422.13平方千米，年均增加35.76平方千米。

接下来从1959到1978年的20年间，内湖进入快速萎缩期。通江湖泊被围挽后，持续对堤垸内低注浅水区域进行围垦，最后残留的深水区域成为内湖。因此，对内湖的围垦实际上是围挽通江湖泊后的工程延续，是内湖后期演变的必然。1959—1961年，以干旱为主的三年困难时期粮食严重短缺。原来洞庭湖区以蓄洪垦殖或血防灭螺为目标，通过“堵支并流并垸”方式实施的堤垸整修水利建设，转变为延续20年的“向湖要粮”热潮，造田扩亩成为堤垸围垦最主要的目标，不仅大量通江湖泊被围垦，垸内湖泊也部分或全部变成粮田。如中华人民共和国成立初期从东洞庭湖析出的大通湖，先后围垦出金盆农场、千山红农场、南湾湖农场等，面积由1958年的268.9平方千米萎缩至1978年的87.31平方千米。建国初期形成的内湖大幅度萎缩甚至消失，内湖数量由1958年的800个减少到1978年的673个，年均减少6.35个；面积从1 422.13平方千米萎缩至1 024.94平方千米，年均减少19.86平方千米。无论是内湖数量还是内湖面积，均达到近几十年以来的最低值。

改革开放40年以来，是湖区内湖的持续增加期。1980年，水利部决定停止洞庭湖区围垦，因围垦通江湖泊而形成新内湖的情况基本结束。已经形成的内湖受堤垸防洪大堤或涵闸等水利工程构筑物阻隔，与外部江河难以连通，进入内湖的泥沙与丢弃的垃圾难以排泄，年复一年，内湖湖底不断淤高，为内湖的开发利用准备了基础条件。虽然内湖的数量与面积会因开发利用而逐渐减少，但是，家庭联产承包责任制的实施，使农业生产打破了计划经济体制，农户成为农业生产经营的主体。不宜于种植粮食的水域、湖洲、湖滩等资源也得到开发利用，内湖水产养殖成井喷之态势。至1993年，几乎全部原有内湖转变为养殖水面，有的被分割从事网养箱养，曾经"围湖造田"开垦的耕地恢复为鱼塘水面，比较典型的有常德的鹰湖、柳叶湖、洋淘湖，湘阴的鹤龙湖，沅江的杨柳湖。1998年湖区又开始实施"平垸行洪、退田还湖"，对洞庭湖部分巴垸进行平退，如青山垸的还湖便增加内湖面积8.17平方千米。2008年，湖区的内湖面积恢复到建国初期的最高水平。至2018年底，湖区内湖数量由673个增至1 057个，年均增加9.6个；面积由1 024.94平方千米增至1 578.33平方千米，比建国初期最大内湖面积1 422.13平方千米增加了156.20平方千米。

内湖是洞庭湖另一种形式的存在

湖泊是地表相对封闭可蓄水的天然洼池，是湖盆，湖水，水中所含矿物质、溶解质、有机质以及水生生物等所组成的自然综合体，参与自然界的物质和能量循环。洞庭湖区的内湖具有湖泊的普遍属性和功能，它是地地道道的湖泊。

内湖是洞庭湖另一种形式的存在。历史上内湖、外湖本为一体，内湖的变化是洞庭湖演变的继续和一部分。垸内湖泊是伴随湖区围垦，在垸内原有湖沼、河道、洼地等基础上形成新的水域，其区域生态系统存在于洞庭湖区的统一生态系统之中，虽然不能自然通江通湖，但是，它们通过运河、渠道、涵闸等工程间接连通江湖循环，特别是近期以来为保护和改善洞庭湖区生态系统、维护生态安全而实施江湖连通、河湖连通的工程，内湖的地位更加明确。内湖又是平原水库，它与人类的主观意志更加协调、统一，它的水面水量与外湖相比更加稳定，没有外湖那样分明的洪水季和枯水季，是垸区排涝抗旱的保障。它是内涝的渍水招待所，干旱时的水塔，是洞庭湖区的一块海绵大地。在建设高品质亲水人居环境方面，内湖更有不可替代的天生优势。从目前岳阳市南湖度假区、常德市柳叶湖风景名胜区的建设成绩看，开发内湖具有非常好的社会效益和经济效益。内湖是洞庭湖馈赠给人类的一笔宝贵的国土资源。

但是，一直以来我们忽略了内湖。比如说，1960年湖南省编纂出版的《湖南省志・地理志》，洋洋百万言，没有只言片语提及大通湖以及其他内湖，它们仿佛不存在。由中国科学院南京地理与湖泊研究所、湖南省洞庭湖环境保护监测站的专家学者主编，中国科学技术大学出版社2000年出版的权威著作《洞庭湖》，仍然没有内容涉及湖区的内湖。直到2013年出版的《洞庭湖志》，才用比较少的篇幅对内湖作了简单介绍，内湖第一次在有关洞庭湖的综合性著作中露了露脸。

洞庭湖与垸内湖泊，打断骨头连着筋，是血肉相连的母子关系。内湖是洞庭湖的有机组成部分，它的形成与江湖关系密切相关，它本身就是洞庭湖演变历史的一部分。忽视内湖，会严重影响我们对洞庭湖的全面深刻认识。洞庭湖的堤垸为天下第一，它的内湖也是天下第一，鄱阳湖、太湖地区的垸田、内湖远远不及洞庭湖区之多。长江中下游地区湖泊星罗棋布，以洞庭湖区最为典型，湖南是真真实实的千湖之省。湖区现存的1 000多个内湖，是洞庭湖实实在在的家底。

内湖养鱼（彭征宇摄）

轮渡（彭征宇摄）

湘阴岭北镇造船厂远眺（彭征宇摄）

『堤』和『垸』

水上长城——洞庭湖的

“气蒸云梦泽，波撼岳阳城。”洞庭湖以横无际涯之势，通江达海，蔚为壮观。随着自然演化及人为改造，沧海桑田，如今平常不足3 000平方公里的洞庭水面，汊港纵横，200多个堤垸把洞庭大泽分割成河沟湖泽等大小水域。新中国成立后，经过系统的河道治理和堤防工程建设，至2020年，一线堤防有3 834.42千米，其他堤防6 569.871千米，构成了确保洞庭湖区人民安居乐业、社会蓬勃发展的水上长城。

洞庭湖区“堤”和“垸”历来称呼不一。湖南巡抚罗永德在清乾隆三十六年（1771年）九月二十九日的奏折中称：“长沙、岳州曰围，澧州曰垸，常德曰障”。清道光五年（1825年）刊刻的《洞庭湖志》说：长沙府属的长沙、湘阴称“围”，益阳称“垸”，岳阳府属的巴陵（今岳阳）称“围”，华容、临湘称“垸”，澧州所属的安乡称“垸”，澧县称“垸”或“堤”，常德府属的武陵（今常德）、龙阳（今汉寿）称“障”，沅江称“垸”或“托”，南县统称为“垸”。清代的政府文书和《湖南通志》则统称为“围”。［清代堤垸有官围、民围、私围之别。官围为政府拨款修筑，民围为人民自修，但“经报垦入册岁修者”，私围（湘阴又称“私埂”）则指“虽经报垦未准筑堤及未经报垦私砌土埂挖种者”。］现在洞庭湖区统称为“垸”，但株洲、湘潭一带仍称“堤”。

湖区堤垸的形成，始于自然演化中的泥沙淤积，而盛于人为改造的围湖垦殖。洞庭湖的地理情况利于泥沙落淤，特别是近代以来，松滋、太平、藕池、调弦四口来水含沙量逐年增加，导致滩洲不断淤高，为抗击洪水，兴修堤垸势在必行。而西晋之后，来自巴蜀、河南的大量移民进入洞庭湖区，特别是明初著名的“江西填湖南”，使洞庭湖区人口大量增加。泥沙淤积的围垸土地特别肥沃，利于农业的发展。宣统元年（1909年），湖南巡抚岑春萱奏曰：“垸内田禾倍加丰稔，即垸外荒滩有种皆收，俗称一年收，可敌三年水。”正是洞庭湖区堤垸的开发，使湖南成为鱼米之乡，促成了“湖广熟，天下足”的丰饶富足。

据史料记载，洞庭湖区筑堤起于唐代，最早的堤防为常德县（1913年改常德县，1950年由县析置市，1988年升为地级市）宿朗堰。《武陵县志》载：“古宿朗堰，县东九十里，内护江陂、广德二村，周九十七里百八十步”，“创修自唐，增修于宋”，“隆庆五年（1571年）洞庭浪激成渊，不能修”。宋代有岳阳偃虹堤、白荆堤，华容黄封堤，湘阴南堤和临湘赵公堤。清朝陶澍、万年淳修纂的《洞庭湖志》载：“偃虹堤，在县西门城下。宋郡守滕宗谅筑。今圮。白荆堤，在县东十五里，一名紫荆堤，筑于宋。”滕宗谅就是“谪守巴陵郡”的滕子京，他不仅请知交范仲淹写了名动天下的《岳阳楼记》，让岳阳地以文名，更在短短三年的任期内，修筑偃虹堤以

沅江茶盘洲大北剅口（彭征宇摄）

抗御洞庭波撼，利百姓民生。明代常德地区共修建堤垸37处，计澧县10处，汉寿9处，安乡13处，常德4处，桃源1处；其他如华容、岳阳、临湘、沅江、湘阴、益阳等县都有明代修建的堤垸，如华容县共有68垸，岳阳有九龙堤、南津堤，临湘有永济堤，湘阴有军民围、佘家围等。由于情况变化，有些堤垸时废时兴。清代康熙、光绪年间出现了较大规模的围垸，特别是在咸丰十年（1860年）长江大水，藕池口冲开形成藕池河，江水南侵，挟带泥沙，形成大片洲土，私人相率围垦。清同治七年（1868年）时已有堤垸611个，其中挽修于明代的有88个。华容县光绪八年（1882年）有旧垸33个，新垸98个，共131个。民国时期，虽“严禁私筑”，但仍竞相挽修，1935年湖区10县共有堤垸1 475个，1942年湖区11县共有堤垸613个；至1949年冬，湖区（包括桃源、长沙、湘潭3县）共有堤垸993个，堤防总长度6 405.95千米，保护耕地593.53万亩，保护居民256.47万人。

新中国成立后，经过1949年冬修复溃损堤垸、1952年整修南洞庭湖、1954洞庭湖堤垸修复工程、河道治理和洞庭湖一期及二期综合治理，至2020年，洞庭湖区有堤垸226个，一线堤防3 834.42千米，支堤437.876千米，隔堤391.341千米，撇洪渠及内湖渍堤5 740.654千米，保护土地总面积1 861.27万亩，其中耕地面积951.98万亩，保护居民1 418.17万人，分布在常德、益阳、岳阳、长沙、株洲、湘潭6个市的38个县（市、区）。226个堤垸中防洪保护区堤垸155个，包括烂泥湖和大通湖等重点垸11个，其他防洪保护区堤垸（一般垸）144个；蓄滞洪区堤垸71个，包括共双茶和钱粮湖等国家级蓄洪垸24个，平垸行洪单退垸47个。洞庭湖的蓄滞洪区根据其启用概率和重要性又分为重要、一般和规划保留三类。重要蓄滞洪区是使用概率较大（一般是发生20年一遇以下洪水）的蓄滞洪区；一般蓄滞洪区是三峡工程建成后为防御与1954年同级别的洪水，除重要蓄滞洪区外还要启用的蓄滞洪区；蓄滞洪保留区是三峡工程建成后为防御超标准洪水或特大洪水需要使用的蓄滞洪区。重要蓄滞洪区包括钱粮湖、共双茶、大通湖东、民主、澧南、西官、围堤湖、城西、建设等9处，一般蓄滞洪区包括九垸、屈原、江南陆城、建新等4处，蓄滞洪保留区包括集成安合、南汉、和康、安澧、安昌、安化、南顶、六角山、义合金鸡、北湖、君山等11处。

自古以来，堤垸本为抗洪而修，而客观上渐成百姓安居乐业之所。随着政府的大力治理和经济的发展，洞庭湖区堤垸的修建在遵循自然规律的基础上得到了科学的规划和有力的发展。

重点堤垸堤防。重点堤垸有一线防洪堤1 221.24千米，堤防等级为Ⅱ级，堤顶高程按1994年以前实测最高洪水位，河堤加超高1.5米，湖堤加超高2米；内外坡比分别为1：3～1：2.5；堤顶面宽8米；堤顶下5米处修筑宽5米的内平台。重点堤垸有支堤403.16千米，堤防等级为Ⅲ级。堤身断面按洞庭湖区二期治理设计标准基本达标：堤顶高程按设计水位加超高1～1.5米；内外坡比均为1：2；堤顶面宽5～6米。重点堤垸有隔堤137.405千米，工程等级与支堤同为Ⅲ级。

蓄洪堤垸堤防。蓄洪堤垸有一线防洪堤1 174.23千米，堤防等级为Ⅱ～Ⅲ级。堤顶高程按1994年以前实测最高洪水位，河堤加超高1米，湖堤加超高1.5米；内外坡比分别为1：3～1：2.5；堤顶面宽6米。蓄洪堤垸有支堤34.716千米，隔堤205.336米，工程等级为Ⅳ级。

一般堤垸堤防。一般堤垸有一线防洪大堤1 438.95千米，工程等级没有统一规定，一般为Ⅱ～Ⅴ级，隔堤长48.6千米。

长江干堤。上起华容五马口，下至岳阳临湘铁山嘴，包括民生、建设、建新、君山、东风湖、吉家湖、永济、江南陆城等一般堤垸、

斗米咀的春天（谢峰摄）

蓄洪堤垸和岳阳市城市防洪范围，全长142.055千米，堤防等级为Ⅱ级，建设标准同重点堤垸。

堤垸如鳞，是清代文化人对洞庭湖区堤垸相望的一种形象比喻。洞庭湖区的水畔人家，以水为生，御水而行。在洞庭湖的水乡泽国，堤垸或伴湖，或临河，或靠江，巍巍伸向天尽头，默默挡住千层浪，全身心地保卫着洞庭湖美好的田园，保卫着洞庭湖区人民的生命财产，是洞庭湖区的水上长城！它们是在修堤尚未实现机械化的岁月里，由千百万劳动大军，以愚公移山的精神，改天换地的气概，一锄锄、一担担、一层层、一座座，用智慧和汗水堆叠起来的。一千多年来，它们从无到有，从少到多，从低矮短小到高大漫长，看似平凡实不平凡。它们阅尽了洞庭湖的沧桑，见证着江湖大地变迁的历史，见证着人水相争的进程，见证着洞庭湖区治理与保护的昨天、今天，并给未来以诸多深刻启迪。

水中长出来一个县

长江四口南流局面形成之后，江水携泥沙南下，很快在洞庭湖心水域沉淀为水下三角洲。淤出的大片洲土，时人称之为“南洲”，这是万里长江馈赠给洞庭湖的一件“礼物”。从洲土开始形成到地片命名，即从咸丰二年（1852年）长江溃口至光绪二十一年（1895年）南洲厅建立，时间跨度仅40余年。

清咸丰二年以前，洞庭湖的北部有一些渚洲陆地，如老艳洲（今游港乡）、北洲（今乌嘴乡）、白鹤洲（今白鹤堂）等，但“并不种植芦苇、粮食”，而是“委属官荒”；仅宋田山（又名九都山）因是湖中小山，尚有陆地、集市。咸丰二年六月，长江南岸湖北省石首县（今石首市）藕池大堤溃决，藕池口以南的华容、巴陵（今岳阳）、安乡、龙阳（今汉寿）、武陵、沅江等县湖面大片淤塞，形成长宽五六十里的淤洲，附近居民称之为“南洲”。

新淤的南洲，芦柳丛生，土地极宜垦种，开始还无赋税。远近农民纷至围垦，沿湖豪绅亦恃强争占，导致械斗命案不断。洲土虽愈积愈宽，湖面却愈占愈窄，夏秋水涨，河流为新垸所阻，往往泛滥成灾。光绪六年、七年间，湖南巡抚召集藩、臬两司会议，决定由岳常澧道在龙阳、华容两县交界处乌嘴设“龙华司”，办理洲土围垦、征收钱粮赋税、制止争占械斗诸事。光绪十年，设立“南洲垦务局”，署湖南巡抚庞际云派兵驻扎南洲，防止垦民争斗。

由于民众的艰辛努力，南洲陆续围挽成百余堤垸，往昔荒滩，已田畴密布，炊烟袅袅，村镇日渐兴旺。光绪十五年，岳常澧道道员庄赓良和龙阳知县毛隆章就南洲划疆设治分别禀陈湖广总督张之洞。光绪十六年二月二十五日（1890年3月15日），张之洞致函护理湖南巡抚：“（南洲）水害民争，均为两省大患，亟应早筹良法，以期补救绥安。至该洲地广土沃，多系官荒，若得干员认真查办建置，一切经费尚不难筹。……自以设立州、县或直隶厅、州为宜。应即遴员前往查勘。应如何建置州、县，分设营汛，清理历年积案，……以前垦种之地划界升科，以后新增之洲永杜私占，筹议详细章程禀复。”同年，湘抚及藩、臬两司与善后局先后派员，率沿湖的巴陵、华容、武陵、安乡、龙阳、沅江六县县令三次勘测南洲，并将六县争占涉讼淤地逐一划入南洲。光绪十七年，两司绘具南洲图册，拟定南洲设厅计划，禀呈湖南巡抚张煦：“当将建设厅治，……拟请援照嘉庆间割芷江县六里等处地方移设晃州厅直隶厅成案，建设南洲直隶厅抚民通判，定为瘦、难要缺。……请将岳州府管粮通判裁汰，移为新设南洲直隶厅抚民通判，驻扎九都地方，管理该洲一切命、盗词讼及钱粮保甲水利事件，归岳常澧道管辖。……请将（武陵）大龙巡检裁汰，改为南洲厅巡检，驻扎该处，专管缉捕，兼管司狱事务，定为简缺。”因张煦不久调任山西巡抚，核办未果。光绪二十年四月，继任湖南巡

大通湖小龙虾养殖基地

抚吴大澂仍照前议，核办建厅事宜，并将南洲直隶厅建置设官诸事奏报清廷。光绪二十一年，南洲直隶厅抚民府在乌嘴正式成立，为岳常澧道直辖。厅官由岳州、澧州、安乡、武陵调拨，于九都建造新署。光绪二十三年新署竣工，南洲直隶厅抚民府遂由乌嘴迁至九都。宣统三年（1911年）裁岳常澧道，厅境改属辰沅永靖道。民国二年（1913年），南洲直隶厅改为南县。

“南洲”一词，现知最早见于清同治十年（1871年）《长沙县志·税赋》：“湘省谷米全恃（洞庭湖区）华容、南洲一带，为岁入大宗，上游各处被灾（常德、澧县水灾严重），其他郡县……亦仅足敷食……而本省、邻省难民入境，络绎道途，食米倍于常。”

长沙县能将这一县外地名写入志书，说明它在长沙已流传有年，该名在当地普遍被接受则应当更早一点。从咸丰二年藕池口首次溃口算起，至现在为止，还不到200年，但人们只对其“南洲”的形成有统一的看法，而于“南洲”这一地名之所本，则是众说纷纭。因为它关系到近代洞庭湖地形、地貌演变的历史真实。

湖南巡抚王文韶曾两次抚湘，第一次为同治三年至光绪三年，第二次为光绪十四年至十五年。他第二次抚湘离任时，在其《筹办洞庭淤洲情形折》中说：“自荆江南岸藕池溃口，江水横决西南，挟泥沙以趋洞庭。沙沉淤积，西湖一带，渐次成洲。现合龙阳、华容、安乡三县境计之，广袤几百里，土人名之曰南洲。”民国时编纂的《南县志备忘录》载：“（西湖一带）淤成百里沃野，当地居民称为南洲。”中华人民共和国成立后新编的《湖南省志·地理志》称：“宽广面积二百余里，当地居民称为南洲。”相互比较，当以南县地名研究者卜乾昌在1983年成书的《南县地名志》中的考辨比较符合实际。作者称据沙港市公社白鹤堂大队七生产队老人陈正方、卫星大队

益阳南县

六生产队老人钟文凯等人介绍，他们的父老有言：光绪初年从乌嘴的大北洲，经白鹤堂至青树嘴一带，称为“南洲”。在白鹤堂还有一条长达500米的“南洲街”，至今有人称这里为“大南洲”。又据《华容县志》记载：“南洲即赤沙洲，邑南一百里。”由此可见，原始的“南洲”不过是一块纵长十公里的湖洲。藕池溃口后，在洞庭北滨之南新淤的南洲是相对北洲和乌嘴而得名的。曾经参与南洲厅筹建工作的汉寿县乡绅徐蔚华所著《洞庭湖七十年变迁记》载：“光绪初年，有远豪王乐山者，自云四川武举人，聚党百人，强居乌嘴下之南岸，呼曰南洲。南洲厅之名皆由此始也。”同样证明南洲是因在乌嘴之南而得名的。今南县地域确实曾经称作“南洲”，但不是南洲的原始面貌。清光绪十年后，南洲逐渐扩大，若干洲渚淤积连片，形成百里沃野，南洲之名亦随之扩展。光绪二十一年，经朝廷批准，在乌嘴建立南洲直隶厅抚民府，管辖全境，因此“南洲”就成了今日整个南县的别名。

至于“南洲厅”为什么改成“南县”，民国十八年（1929年）成书的《南县乡土笔记》说：“民国肇造……经省议会议决，改南洲厅为南县。关于全省所辖之府、厅、州名目一律取消，以归划一，而便行政。”正是这个原因，全省的四州五厅统统改成了单名县；“道州”改成“道县”，“郴州”改成“郴县”，“澧州”改成“澧县”，“靖州”改成“靖县”，“晃州厅”改成“晃县”，“乾州厅”改成“乾县”。“南洲厅”改“南县”，只是其中一例。

由“南洲”“南洲厅”到“南县”，历史见证了“南县”从无到有、从龙宫水域成长为一个建制县的变迁。

穿越千年华容河

李玲

从前，有一位善抚琴之人，名叫伯牙，有一位善赏琴之人，名叫子期。伯牙抚琴时，思至高山，子期便曰：“善哉，峨峨兮若泰山！”思及流水，子期又曰：“善哉，洋洋兮若江河！”

相传伯牙与子期的故事就发生在华容河的起点——调弦口。子期病故后，伯牙以为世上再无知音，便在他坟前将琴摔碎，断折的琴弦就成了调弦河。以琴祭友、断弦成河的故事凄美动人，是人们美好的想象。为了纪念二人，后人还专门修建了调弦亭和“高山流水遇知音”的雕像，可惜的是，如今亭子和雕像早已被损毁，只留下一条琴台路供后人追思。

那华容河实际是怎样形成的呢？一种主流说法认为，华容河的来历与西晋时期的大将杜预有关。西晋太康元年，为了平定江南，驻守襄阳的杜预挥师欲南下入洞庭，但岳州洞庭湖口风大浪急，行船多险且路途遥远。无奈之下，杜预只能“另辟蹊径”。他发现洞庭湖北岸有一条小河，与长江干流非常接近但又不相连通，于是杜预便下令开凿这条小河，使其与长江相互贯通。这条小河原名夏河，《水经注》说夏水入华容，经范西戎之墓南。开凿之后，夏河又名调弦河，即今天的华容河。

流通于我国第一大河长江和“八百里洞庭”之间，华容河一定是一条大气磅礴的河；滋养着湖北、湖南两个物产富饶的中部大省，华容河一定是一条富有人情味的河。走进历史的镜头中，我们不难看见她曾经的辉煌。

最初，华容河的作用是“分湖入江”——把洞庭湖的水分流到长江。宋朝时因荆江水位上涨，河道南移，华容河便成了“分江入湖”——将长江的洪水分流至洞庭湖。因为水量丰沛，位置重要，华容河的漕运功能一直十分发达。清朝咸丰年间，朝廷还在此设巡桥司，建海关，立水路关卡收税。河畔的焦山河集镇也是商贾云集，因此华容河又被称为“招商河”，有人曾用“日有桅杆千根，夜有明灯万盏”来描述当时的繁盛景象。上千条商船，上万盏明灯，即便稍有夸张，我们也不难想见当时华容河畔人来人往、热闹非凡的情景。

然而常言说“盛极必衰”，纵有千般不愿，华容河还是不可避免地走向了衰落。到清朝后期，华容河开始逐渐淤塞、萎缩，加上物资商贸逐渐向陆运转移，其漕运功能一落千丈，昔日的繁华也一去不返。

到20世纪50年代，为求粮食快速增产增收，围湖造田蔚然成风，洞庭湖虽已不复有当年八百里之盛景，但依然成为围湖造田的首选对象。政府提出要向钱粮湖（洞庭湖的一部分）“要钱要粮”，而要围垦钱粮湖，就必须先堵住长江来水，因华容河与钱粮湖相通，于是“堵塞调弦口”就成为必然选择。随着钱粮湖农场的建成，华容河也

《八百里洞庭全图》（局部）（邓辉楚作）

变成了“上不通江、下不达湖”的“内河”，加上河口逐年淤塞抬高，华容河几乎成了一条断流的死河。

从当年的千帆万盏、商贾云集，到今天的河口淤塞、河水断流，华容河散发过活力，曾迎天下往来之客，也体会了衰败的失落。断断续续的河水似乎在发出低沉的哀叹。这种哀叹声，在两岸的苍茫夜色中低回。

盼望有那么一天，华容河的哀叹能转为欢歌。

湖区的『红旗渠』

陈燕

南茅运河是洞庭湖区的一条重要的人工运河，位于南县沱江与藕池河之间的育乐垸，是20世纪70年代南县人民为解决育乐大垸旱涝成灾、交通闭塞等问题，人工开掘的一条百里长河，素有“南县红旗渠”之称。它的主河全长43.92千米，从县城到茅草街，是连接南县南北两端的一条人工运河；它纵贯育乐垸中部，流经浪拔湖、南洲、中鱼口、三仙湖、茅草街等五个乡镇，受益耕地达28万多亩，约占全县耕地总面积的40%。

1975年冬天，在当时资金紧缺、设备落后、气候恶劣的条件下，勤劳勇敢的南县人民充分发挥艰苦创业、团结协作的精神，全县总动员，以公社为单位，日上劳动力八万余人，冒严寒，斩荆棘，肩挑手扛，破湖断水，筑坝建闸，连续奋战68个昼夜，用人工开挖，终于在1976年春节前完成了主体工程。

运河建成之初，路不畅，桥不通，要通过渡船过河。一位当年摆渡老翁自搭的简易茅棚上还留着昔日的一副对联：“稻香闻百里，桨声传运河。”横批：“过河在此。”几十年前运河上特有的生态美、幽静美都跃然纸上。运河建成后，育乐垸水利条件得到了极大改善，低田不渍，高田不旱，整个湖区旱涝无忧，一年四季喜获丰收，真是“笑纳千渠水，喜浇万顷田”。

1994年，对原来41.3千米长的运河实施北延伸拓展工程，将运河加长2.62千米。并开挖支河11千米，西从主河分出，东至均和倒虹吸管，潜渡沱江，进入大通湖垸，经五七运河与大通湖相通，受益耕地也有20多万亩。这样，南茅运河在整体上形成了一个环绕育乐垸的“南引北泄，东排西济”的排灌体系，并沟通了松澧洪道、常鲇航道和藕池河系的水运交通。30多年来，南茅运河为全县经济社会发展做出了巨大的贡献，被南县人民誉为“母亲河”。近几年，南茅运河又进行了清淤、加固、闸门改造、公路升级等工程。现在的南茅运河的的确确是南县的水利大枢纽、交通大动脉、生态大景观。

南茅运河主要发挥了四个方面的功能：

一是排灌调蓄功能。干旱时，通过茅草街船闸引赤磊洪道河水入运河，浇灌育乐垸及大通湖垸农田，缓解旱情；渍涝时，则通过南洲泄水船闸和均和倒虹吸管自流外排，或启动育新电排站提排西泄，降低渍涝灾害。至今为止，运河两岸已建有大小涵闸92处，电力排灌机埠31处34台2 635千瓦，为排灌提供了设施保障，从而有效发挥了运河作为内陆河流的调蓄功能，确保了当地的农业生产安全。

二是交通运输功能。运河外水位常年保持在29米左右，运河内水位28米左右，可四季通航，两端均可外达省内各大江、大河。据统计，运河年均通过茅草街船闸和南洲泄水船闸的货载量多达150万吨。同时，运河东堤有县城至茅草街公路，宽8.5米；西堤已修建南茅

阡陌纵横万亩连（虢筱非作）

复线，宽8.5米。两条公路成为沟通县内南北两极的重要通道。另外，南运、南洲、班嘴、红旗、文明等六座跨河大桥加强了运河两岸乡镇的联系和沟通。

三是生态环保功能。运河两岸已形成一条长达50多千米的高标准林带，树种以速生杨为主，其中南茅复线靠运河一侧种植有部分樟树，目前木材蓄积量达0.8万立方米，在一定程度上改善了生态环境。

四是文化旅游功能。南茅运河是全省最长的人工运河，它的兴建凝结了30多年前南县人民的智慧和汗水，也集中反映了当时的时代特点，因而有着较深的文化底蕴，是南县重要的文化资源。同时，南茅运河沿途实现了整体绿化，南茅公路依河而建，坐车即可观赏水乡风光，具有很强的湖乡特色，已构成了一条亮丽的生态风景线。近年来，通过积极开发，南茅运河已与厂窖惨案遗址和德昌公园等红色旅游景点连为一体，并被打造成了境内一条重要的旅游线路。百里运河，春季油菜花繁似锦，花草竞艳；夏季荷花香气醉人，树木葱茏；秋季硕果累累，五谷丰登；冬季白带环绕，素雅沉静。

2018年，南县提出建设好“南茅运河生态走廊”，将南茅运河打造成全省第一的百里生态运河，全面提升南茅运河的生态旅游、文化休闲、航运排灌、商贸居住、产业带动等综合功能，南茅运河进入新一轮建设期。真可谓“运河转新机，景色长廊蕴俊秀；富民开景运，黄金水道流芳华”。

洞庭湖也喊『渴』

《岳阳楼记》如此描绘洞庭湖："衔远山，吞长江，浩浩汤汤，横无际涯。"然而，浩渺无垠的洞庭湖，有"八百里洞庭"之称的洞庭湖，如今也在喊"渴"。在全球气候变暖的大环境及人类活动的影响下，进入洞庭湖的径流量，尤其是从长江三口（松滋口、太平口、藕池口）进入洞庭湖的径流量急剧减少，洞庭湖中枯水位降低和三口断流时间提前，断流持续时间延长，致使洞庭湖区水资源供需矛盾越来越突出，春旱、秋旱时有发生，洞庭湖"渴"了。

洞庭湖径流量减少

洞庭湖位于长江中游地区，拥有复杂的水系。洞庭湖北有松滋河、虎渡河、藕池河，南有湘江、沅江、资水、澧水，环湖还有汨罗

洞庭潮（周中耀作）

江和新墙河等，这些河流在洞庭湖汇合后，于东洞庭湖出口城陵矶注入滚滚长江。

洞庭湖从20世纪60年代开始，到2019年，年径流量和9—10月份径流量，发生了很大的变化。

时段	年径流量	9—10月径流量
1960—2002年	2 848.0亿立方米	540.4亿立方米
2003—2019年	2 427.9亿立方米	339.6亿立方米

表中下一时段较上一时段的洞庭湖年径流量和9—10月径流量分别减少420.1亿立方米和200.8亿立方米，减少比例14.8%和37.2%，其中10月变化幅度最大，变化幅度在-41.8%～33.7%。

接下来看长江三口从20世纪60年代开始，到2019年，年径流量和9—10月份径流量的变化。

时段	年径流量	9—10月径流量
1960—2002年	860.2亿立方米	266.0亿立方米
2003—2019年	483.3亿立方米	112.5亿立方米

长江三口年径流量和9—10月径流量分别减少376.9亿立方米和153.5亿立方米，减少比例分别为43.8%和57.7%，其中2月变化幅度最大，变化幅度在-68.9%～229.9%，2—3月外的其余月份均偏少。

下面是四水年径流量和9—10月径流量的变化。

时段	年径流量	9—10月径流量
1960—2002年	1 684.4亿立方米	179.1亿立方米
2003—2019年	1 615.5亿立方米	146.6亿立方米

四水年径流量和9—10月径流量分别减少68.9亿立方米和32.5亿立方米，减少比例分别为4.1%和18.1%，1月变化幅度最大，变化幅度在-26.9%～37.5%，11月至次年3月有所增加。

洞庭湖中枯水位降低

洞庭湖出口城陵矶（七里山）1960—2002年年均水位24.89米，9—10月平均水位27.64米；2003—2019年分别为25.01米和26.00米，年均水位有所上升，上升0.12米，9—10月平均水位降低明显，降低约1.64米，12月至次年6月平均水位有所上升，7—11月平均水位有所下降，10月变化幅度最大，7月变化幅度最小。

东洞庭湖鹿角1960—2002年年均水位25.84米，9—10月平均水位27.88米；2003—2019年分别为25.61米、26.25米，年均水位有所降低，降低0.22米，9—10月平均水位降低明显，降低约1.63米，1—6月平均水位有所上升（4月除外），其余月份有所下降，10月变化幅度最大，5月变化幅度最小。

南洞庭湖杨柳潭1960—2002年年均水位29.12米，9—10月均水位29.41米；2003—2019年分别为28.88米、28.60米，年均水位有所降低，降低0.24米，9—10月平均水位降低较明显，降低约0.81米，1—3月和5—6月平均水位有所上升，其余月份有所下降，10月变化幅度最大，2月变化幅度最小。

西洞庭湖小河咀1960—2002年年均水位30.09米，9—10月均水位30.50米；2003—2019年分别为29.71米、29.49米，年均水位有所降低，降低0.38米，9—10月平均水位降低明显，降低约1.01米，1月和

冬季的洞庭湖（彭征宇摄）

3月平均水位有所上升，其余月份有所下降，10月变化幅度最大，3月变化幅度最小。

长江三口断流时间延长

三口河道及三口口门段的淤积萎缩造成了三口通流水位抬高，加上干流河道冲刷、中枯水位下降，沙道观、弥陀寺、康家岗、管家铺连续多年出现断流，且断流持续天数逐步增加。尤其是特枯年份（如2006年、2011年），沙道观、弥陀寺、康家岗、管家铺断流期长达半年以上，藕池西支康家岗甚至断流长达336天。

2006年洞庭湖区出现了严重的旱情。7月7日，城陵矶水位27.23米，比历史同期偏低2.65米；8月14日，城陵矶水位为历史最低值，偏低5米左右；8月30日，洞庭湖南嘴、草尾、小河咀、沅江、城陵矶水位比历年同期偏低2.75～2.7米。受外河水位偏低的影响，松澧洪道、藕池河系沿线堤垸的涵闸不能引外河水灌溉，内湖水位消退较快，大部分内湖水位比历年同期均值偏低1～2米，堤垸内只能通过提灌才能解决沿湖部分内垸的生活生产用水需要。9月上中旬，由于蓄水量严重不足，干旱仍然十分严重。9月27日，资水益阳站水位28.05米，为1959年以来同期最低水位；10月1日，洞庭湖区南嘴、沅江、南县水位分别比上年同期偏低1.55米、1.20米、3.32米。洞庭湖区部分县市取水发生困难，群众生产生活受到严重影响。10月，长江来水量继续偏少，洞庭湖水位持续长时间偏低。10月12日，城陵矶水位21.74米，较历年同期均值26.91米低5.17米，为1954年以来第二低水位，洞庭湖区部分县市出现少有的干旱，水运、工农业生产和秋冬作物耕作受到了严重影响。当年8月1日至11月23日，长江三口入洞庭湖水量45.5亿立方米，比多年同期均值180亿立方米偏少74.7%；洞庭湖总入湖水量351.9亿立方米，比多年同期均值594.1亿立方米偏少40.8%。长江三口持续长时间断流，沙道观、弥陀寺、康家岗、管家铺断流天数分别达到288天、192天、256天和336天。2011年洞庭湖区又发生了较为严重的春夏连旱和夏伏旱。1—5月四水来水量375亿立方米，较历年同期偏少48.6%，为新中国成立以来历年同期最小值。长江三口中藕池口基本断流，太平口断流两个月，仅松滋口维持一定的流量。洞庭湖区水域面积最小缩减至652平方千米，较历年同期偏少201平方千米；水量约11.3亿立方米，较历年同期偏少10亿立方米。全年洞庭湖区作物受旱面积283 720公顷，受灾面积180 970公顷，成灾面积97 350公顷，因旱饮水困难的有41.72万人。

让人痛心的是，人类在开发、治理和建设洞庭湖的进程中，不断地犯错误，我们在科学认识洞庭湖方面存在短板和不足，加上全球气候环境的变化和影响，洞庭湖的干涸渐趋严重。关注洞庭湖的“涸”，紧抓湖区生态环境保护，实现高质量转型发展，是唯一的出路。

抗洪精神

洞庭湖区的人民自挽修堤垸之日起，一直在与洪水做斗争，在斗争中求生存，“冬修—防汛—冬修—防汛”循环往复。湖区的社会中形成了独特的抗洪御水的文化，它是中华优秀传统文化的重要内容。经过中国共产党几代领导人的倡导，抗洪精神与红船精神、长征精神、延安精神、抗战精神、抗震救灾精神、载人航天精神等一起，成为中华民族的伟大民族精神的一个重要组成部分。

江泽民总书记把抗洪精神精辟地概括为“万众一心、众志成城、不怕困难、顽强拼搏、坚韧不拔、敢于胜利”24个大字。具有丰厚内涵的抗洪精神，是爱国主义、集体主义和社会主义精神的大发扬，是社会主义精神文明的大发扬，是我们党和军队的光荣传统和优良作风的大发扬，是中华民族的民族精神在当代中国的集中体现和新的发展。它同我们党一贯倡导的革命精神和新时期的创业精神一样，具有特殊价值和重要意义，是我国人民宝贵的精神财富。

“众志成城”体现了民族团结的伟大力量。团结就是力量，团结就能胜利。洪水峰来峰往，面对来自自然的巨大威胁和考验，湖区广大干部群众团结拼搏，组织起上下一心、干群一心、党群一心、军民一心、前方后方一心的抗洪大军，展开了人与自然灾害的殊死搏斗。

“不怕困难、顽强拼搏”体现了不畏艰险的英雄气概。1998年长江流域发生特大洪水，抗洪不仅条件艰苦，困难重重，而且险象环生。其斗争之严酷激烈，历史罕见，世界罕见。为了保卫国家和人民的利益，为了保卫改革开放的成果，广大军民不畏艰险，不怕困难，严防死守，顶住了一次又一次洪峰的冲击。滔天洪水，千里堤防，随处都可以看到军民舍生忘死、共御洪魔的动人场景。这是生死系于一念的时刻，更是英雄辈出的时刻。抗击洪水，不只是一种物质的较量，更是一种意志的较量。在人被累乏、堤被泡软的严峻考验面前，没有必胜的信念，没有同洪水血战到底的决心，没有钢铁般的意志，没有坚韧不拔的毅力，是无法言胜的。正是有了抗洪精神，才能做到“大堤比家亲，大堤比命重”，才能做到“洪水涌来勇者胜，抗洪抗到水低头”，才能做到“把生的希望留给他人，把死的可能留给自己”，才能排除万难取得抗洪斗争的胜利。

在1998年的特大洪水中，洞庭湖区人民的表现很好地诠释了什么是抗洪精神。例如核心湖区的华容县是江湖名县，既临江又伴湖，境内长江“天字一号”河段堤防高36.2米。但是1998年长江洪水最高水位达到37.62米，形成8次洪峰。为了抵御洪水，洪峰来一次，堤顶子堤就加高一次，最高处加高到2米，子堤挡水最高达到1.78米。当时“人在堤上走，水在头上流”，这一段子堤被称为“中华第一子堤”。

华容县团洲垸1977年挽成，是湖区最后修建的堤垸，素有“湖南

《八百里洞庭全图》（局部）（邓辉楚作）

第一险”之称。1998年7月27日，洞庭湖第二次洪峰直逼该垸。29日凌晨，风雨交加，惊涛一阵响过一阵，堤垸随时可能崩塌。这时，两名乡村干部率先跳入两米高的浪头中。紧接着，3 000多村民纷纷下水，手挽着手，用血肉之躯抵挡着狂风巨浪。妇女们趴在子堤上，紧紧地抱住了男人们的臂膀，转眼构筑成了一座血肉堤防。他们凭着“人一个，命一条，堤一段”的信念，死守着身后赖以生存的土地，经过三个多小时的大搏斗，终于战胜了洪魔，护住了他们的家园。

2016年7月10日10时57分，华容县新华垸发生溃口，垸内顿成泽国，沿线房屋均进水被淹。抢险干部群众试着用彩条布压盖，用棉絮裹沙石做了砂卵石包，想堵住口子，但是因为水流太急，险情发展得太快，无济于事。就在此时，出现了惊心动魄的一幕：身系安全绳的抢险人员驾驶着载满麻石的卡车驶向溃口，勇士们在卡车坠入溃口前跳下卡车，用卡车堵住了溃口。13台卡车都是老百姓自己的，临时征用，没有一个人拒绝。他们被称为“卡车敢死队”。

1998年7月24日，同是湖区水窝子的安乡县，安造垸临松滋河大堤溃决，8月7日，与安造垸仅一堤之隔的湖北孟溪大垸（又称“黄金大垸”）临松滋河大堤也发生溃决，二者都是几十万亩的大垸。南北骑居两省和二垸中线的号称“一镇跨湘鄂”的黄山头镇，陷入了四面环水、极其险恶的境地。在安造垸堵口的湖南人，闻听北邻孟溪大垸溃决，奔腾而下的高位洪水，只需一天即可溃流威胁到北间堤。北间堤是相对主堤低矮很多的小堤，根本挡不住溃决而来的长江高位洪水。湖南紧急调集抗洪抢险人员6 000人，24小时内把低矮的北间堤加高加厚，筑高了7～8米。到8月19日，北间堤的洪水高程涨到了42.02米，才加固的堤段已经淹没到了堤顶，连夜抢修的60厘米高的子堤开始全线挡水，情况万分危险。在15天时间里，为修筑安乡人民的“生

城西垸泄洪口起点（谢峰摄）

命线”北间堤，抢险军民以血肉之躯与风浪和烈日搏斗，双肩磨烂，超越了体能极限，靠必胜信念支撑。在动用土方7万立方米、砂卵石1.7万立方米、编织袋114万条、彩条布20万米后，终于将3 000米长、30多米高的堤防加高到43.5米高程，滔滔洪水被挡在北间堤之外。在此期间，北间堤改名为“北大堤”。北大堤一夜成名，成为当时确保湖南安乡、南县、常德和西洞庭、南洞庭湖安全的生命线。

洞庭湖垸区的民众有大局观念，懂得“舍小家保大家”的道理，在洪水不可控制的时刻，选择主动扒口分洪。1964年6月29日，澧水大洪水，津市洪峰流量达10 700立方米每秒，洪峰水位41.56米，街道进水。大家一致决定主动扒开阳由垸分蓄洪，以减轻洪水对津市城区的威胁，最后淹没垸田5 000亩。1980年8月澧水再次发生洪水，津市洪峰流量15 000立方米每秒，洪峰水位43.32米，同期涔水也发生大洪水。为了保澧阳平原和津市安全，省防汛指挥长现场指挥扒开涔旦农场堤垸分蓄洪，淹田五万多亩，确保了津市和重点垸安全。

“洞庭湖的麻雀，是见过风浪的。”这是流传于湖区的老话。这里的民众，临水而生，以堤为命，在与洪水打交道的历练中，养成了万众一心、顽强拼搏的斗争精神。洞庭湖区的民众在湖泊湿地开发建设的历史中，一次次发扬抗洪精神，创造了一个又一个奇迹。

现在三峡工程已经正式蓄水运行，基本解决了洞庭湖的洪水威胁；湖区开展水环境整治，初步实现湖水水质好转。那么目前洞庭湖面临的真正危机是什么呢？主要是湖泊持续分割和萎缩以后的“缺水”“少水”。如果洞庭湖的缺水问题一直得不到解决，水安全就无从谈起；如果洞庭湖一到枯季就干涸，持续改善其水质和确保水生态安全就会成为一句空话。

建设城陵矶综合枢纽工程

为缓解洞庭湖旱情，湖南省和湖北省政府提出了建设城陵矶综合枢纽工程。在城陵矶建设洞庭湖枢纽工程，其实质就是在不改变江湖自然连通的原则下，调枯不调洪，变害为利，化洪水猛兽为水利资源。这项工程集生态恢复、改善水质、调枯畅洪、综合利用于一体，充分考虑到了湖区发展的现实困境和生态要求，对调节洞庭湖枯期水位的作用最为根本、最为显著，是有效阻止洞庭湖枯水水情持续恶化的治本措施。

前期所做的大量调研和评估工作表明，这项工程措施有利于减小枯水季洞庭湖持续低水位对湿地的影响，可为湖区水生生物提供更为广阔的空间，是防治湖区血吸虫病流行的有效措施之一；有利于改善四水尾闾及湖区航运条件；有利于保障湖区粮食安全，是提高湖区用水保证率的重要措施。

2014年《洞庭湖生态经济区规划》颁布后，湖南省切实加强组织领导，完善规划政策体系，推进工作落实落地，有序推进河湖疏浚连通与水利工程建设，大力推进水环境治理，加强生态保护修复，湖区经济呈现转型升级态势，工作取得了巨大的成绩。但对照规划，洞庭湖生态建设还面临着许多任务，或者待解之题，尤其是规划中的一些重要目标、关键性任务必须进一步落实。比如，稳定并恢复洞庭湖区生态水域面积和调蓄容积；引江济湖，改善需水期进流条件；构建江河湖畅通、洪水调蓄、枯水调剂、江湖两利的水网体系；科学制定流域水资源优化配置调度方案，维持洞庭湖生态水域等工程措施。

大量的研究表明，洞庭湖综合枢纽工程是目前条件下解决洞庭湖水生态、水安全问题的最好方案。建设洞庭湖综合枢纽，是可以恢复洞庭湖一湖碧水、促进洞庭湖生态经济区乃至湖南省经济社会发展的一项重大生态工程和民生工程，也是湖南省活学活用习近平生态文明思想的具体行动。

湖南省在建设洞庭湖综合枢纽工程的准备方面，完成了两项具体任务。一是由省交通部门牵头，联合水利等相关部门进行了洞庭湖岳阳城陵矶综合枢纽工程可行性研究，可视为湖南省在工程技术准备方面做出的阶段性成果。二是在湖泊科学上对枢纽工程建设所做的支撑研究。如确定最低生态水位，东洞庭湖、南洞庭湖和西洞庭湖分别为22.62米、27.19米和28.11米，相应的湖面面积分别为373.85平方千米、406.88平方千米和142.19平方千米。从保护洞庭湖自然保护区的角度看，确定的最低水位是合理的。又如从湿地水文的角度对洞庭湖几个时期的最小生态需水量进行了研究，对洞庭湖最小生态需水量的变化原因进行了分析，并提出了生态恢复对策，等等。这些研究成果有助于消除社会各界对于工程项目的可行性、科学性的质疑。

坚持正确的生态文明思想，排除过度环保舆论的干扰

经过几年来洞庭湖区生态环境专项整治的实践，我们认为应该解决两个思想认识上的问题。

第一，要全面准确地理解习近平生态文明思想。

2018年4月，习近平总书记在长江沿线地区考察调研时指出，长江经济带建设要“共抓大保护，不搞大开发”，紧接着又特别强调“不搞大开发不是不要开发，而是不搞破坏性开发，要走生态优先、绿色发展之路”“要坚持在发展中保护，在保护中发展”“不能把生态环境保护和经济发展割裂开来，更不能对立起来”。

保护生态环境已经成为全社会和普通民众的共识，这是社会进步和发展的必然。但现实中人们对到底什么是保护，什么是破坏，却常常出现很大的认识分歧，在评价工程技术对自然环境的干预时尤其如此。习近平生态文明思想的出发点是以人为本，必须坚持以人民为中

心的发展思想，不断促进人的全面发展。但很多反对河流枢纽工程的人士实质上坚持的是极端环保理念，主张保持江河原貌，人类什么也不需要做——丰水期让洪水自由泛滥，枯水期让江河自然干涸，让人类回到靠天吃饭、听天由命的原始状态。他们可以不遗余力、不惜代价地去关心某种鱼类、某种候鸟、某种植被的存在，以鸟为本，以鱼为本，以湿地草甸为中心，唯独没有考虑人的生存发展需求。

唐代刘禹锡在《天论》中说：“天之能，人固不能也；人之能，天亦有所不能也。故余曰：‘天与人交相胜耳。’”古今中外无数实践证明，听凭江河自然流淌，人类被动应付，洪旱灾害难以避免，社会将贫穷落后，而运用工程干预措施，将反复无常、破坏性强的河流湖泊束缚住，化害为利，却能实现国富民强、人水和谐。

洞庭湖自三峡工程正式运行以来的抗洪保安实践，客观上证明了配套的水利工程措施在联合调度抵御洪水上所发挥的巨大作用。洪水是发生次数和致死人数最多的自然灾害，除了建水库、筑堤坝，人类还从来没有其他手段从根本上解决天然水资源时空分布不均的矛盾。

习近平生态文明思想强调保护生态要坚持两点。一是“以人为本”，就是“良好生态环境是最普惠的民生福祉，要坚持生态惠民、生态利民、生态为民”；“只有坚持以人民为中心的发展思想，坚持发展为了人民、发展依靠人民、发展成果由人民共享，才会有正确的发展观、现代化观”。二是保护生态不等于人类无所作为。

只有全面准确理解习近平生态文明思想，才能在社会实践中明辨什么是发展和保护，什么是倒退和破坏，避免走入生态愚昧的歧途，既要避免不作为，又要警惕运动式的“一刀切”。建设城陵矶综合枢纽工程，正是利用目前的工程技术手段和湖泊研究成果来解决湖区枯季缺水问题的一个最优选项。

洞庭名城

第二，岳阳城陵矶综合枢纽工程是一项生态工程，是实现洞庭湖区绿色发展、高质量发展的必需。

对江河湖泊的人工控制是人类社会发展进步的表现，与生态保护并不矛盾。中国水资源总量存在着严重的时空分布不均，不仅与土地、人口和经济布局严重错位，而且每年汛期的降雨量占到全年70%以上，导致夏季暴雨成灾，洪水泛滥，而冬春季节又严重枯水，农业干旱，航运受阻，水质水生态问题突出。因此，有必要尽快增强水资源调控能力，让国民经济和社会发展尽早摆脱水资源严重短缺、洪涝灾害频发的制约。目前除了修建水库大坝，人类还没有其他手段能从根本上解决天然水资源时空分布不均的矛盾，因此人均库容和水资源调控能力，在国际上不仅不存在“警戒线”，反而是越高越好。

长江是我国洪涝灾害最严重、水资源调控能力却最低的大河，虽然已有三峡及上游多座水库，但目前库容系数（水库蓄水能力与河流年径流量之比）仅为13%。要生存，要发展，不能靠天吃饭，必须想办法解决天然水资源时空分布不均的矛盾。在现代水利技术发明前，人类只能修建让小范围受益的堰塘引水工程，20世纪后修建水电站和混凝土筑坝的工程技术才让人类调控水资源的能力有了质的飞跃，从前无法抗拒的洪水，现在变成了人类可以控制、转换和利用的资源。有了水库闸坝，人类就可以将丰水年和丰水期造成灾害的洪水蓄存起来，变成枯水年和枯水期的宝贵水资源。我们说岳阳城陵矶综合枢纽工程是一项生态工程，就是在于它并不改变江湖关系，而是把洪水变成资源，实现水资源的时空转换，为人类社会服务。

洞庭湖是湖南水情的总开关，是长江中下游地区的生态屏障。历年来洞庭湖区的过度开发形成的生态环境失衡已经成为制约湖南省经济社会发展的瓶颈，也是最关乎民生、最迫切需要解决的难题。然而，近十几年来过度环保的思潮舆论大行其道，严重影响了全社会对自然工程项目的科学认知，不仅导致一些事关国计民生的重大工程搁浅或取消，而且在当前长江大保护的问题上也引起认知混乱，将治理洞庭湖区生态最重要且不可替代的综合枢纽工程置于长江大保护的对立面，基层无所适从。

如果再不排除这些干扰，我们将为此付出更沉重的代价。没有生态水安全保障，经济发展将难以为继，生态保护也将“皮之不存，毛将焉附”。因此，尽快建设岳阳城陵矶综合枢纽工程，提升洞庭湖水资源调控能力，变害为利，已是湖南省建设生态文明的当务之急。

湖南熟，天下足

洞庭湖地区是中国稻作农业的发源地之一，在澧县城头山遗址，发现了迄今为止世界较早的古稻田。

战国时期，这里已建成为楚国的粮仓。司马迁用“饭稻羹鱼”“无饥馑之患”等语句来描述这一带社会生活。到东汉末年，因避战乱，来自黄河流域的北方人口大量南徙，洞庭湖区开始接纳移民，外来人口的迁入，促进和推动了湖区的农业生产。

魏晋南北朝时期，湖区农业生产经常受到时局影响，但总体上表现出稳步上升的趋势。唐杜佑《通典》说南朝齐武帝永明年间，天下米谷布帛产量很高而价格很低，因而“立常平仓，市积为储”，朝廷从国库拿出五千万钱收购粮食绢布等物：“于京师市米，买丝绵纹绢布。……荆州（出钱）五百万，郢州三百万，皆市绢、绵、布、米、大小豆、大麦、胡麻。湘州二百万，市米、布、蜡。”当时荆州、郢州、湘州各辖洞庭湖地区的一部，这一记载反映出这时湖区农业有了

游客在城头山稻田彩绘园内游玩

长足进步。

隋唐的大一统，为洞庭湖区农业的进一步发展提供了稳定的环境。唐韩愈在《送陆歙州诗序》中称“当今赋出于天下，江南居十九”。当时，洞庭湖地区也是“江南”的一部分。唐代在洞庭湖地区兴修了大量的水利灌溉工程和堤堰工程，这些水利工程为湖区粮食种植与生产提供了坚实的保障。

宋代引种并推广了“占城稻”，由于其“耐旱”“成实早”和“不择地而生”，促进了洞庭湖区稻麦两熟或早晚稻连作耕作制度的发展。宋代洞庭湖区广泛筑堤围湖，农田面积日益扩大，为解决农田排灌与湖水蓄泄的矛盾，政府广兴水利，粮食产量不断增加。北宋时，荆湖北路（包括今岳阳、常德等地）每年北运的漕米就达35万石左右。当时，岳州有能装万石的巨船，“船形制圆短，米载一万二千石”。南宋时期，洞庭湖区更是成为偏居一隅的南宋政权赋税收入的重要来源地。

明清时期是洞庭湖区传统农业开发与经济发展的最重要的阶段。明清初期，官府都采取了一系列恢复与发展农业生产的政策和措施，如明洪武年间，招诱流亡、移徙农民垦殖，鼓励开垦湖区滩洲荒地。清初也采取了鼓励开荒的政策，在“滋生人丁，永不加赋”“摊丁入亩”等政策的推动下，湖区农业生产明显得到恢复与发展。同时，种植制度有了较大改进。清雍正、乾隆年间，洞庭湖地区双季稻开始推广，到了道光、咸丰年间，双季稻在湖区广泛种植，黄彭年在《陶楼文钞》卷二中说：“湖田之稻，一岁再种。一熟则湖南足，再熟则湖南有余粟”。此外，冬小麦与水稻轮作复种制的形成，提高了土地利用率。这一时期，洞庭湖农田水利事业获得了空前发展，明代洞庭湖区共修堤33处，围垸134个，共计167处，远远超过以前各代。

洞庭湖地区粮食总产量不断增加，洞庭湖成为天下闻名的“粮仓”“鱼米之乡”。宋代苏州、湖州地区是重要的产粮区，因此俗语说“苏湖熟，天下足”，到明朝中后期，变为“湖广熟，天下足”。清乾隆二年（1737年），高宗皇帝在看到湖南巡抚高其倬奏报的粮食收成后高兴地批示道：“语云‘湖南熟，天下足’，朕惟有额手称庆耳。”

新中国成立以后，尤其是改革开放以来，洞庭湖区农业生产发生了深刻变革，传统农业生产正向现代农业、智慧农业阔步前进。经过几十年的发展，洞庭湖地区农业进步显著，取得了前所未有的成就。以湖区最引人关注的粮食生产为例，2014—2018年粮食总产量连续5年超600亿斤，2019年略有减产，降至594.96亿斤。2020年，湖南多措并举稳面积、攻单产，粮食播种面积扭转连续五年下滑的趋势实现增长。全省粮食播种面积475.5万公顷，比上年增加13.8万公顷，增长3%，对中国粮食播种面积增长的贡献率达19.7%。

洞庭湖水域辽阔，水生生物繁茂，鱼类资源丰富，渔业在洞庭湖发展历史上占据重要地位。

湖南省考古部门在澧县梦溪三元宫新石器时代（距今约6 000年）遗址中，发现有烧焦的鳡鱼骨骼，证实在新石器时代中期洞庭湖区的居民即已捕鱼为食。

《逸周书·王会解》所列周初贡品中，有“长沙鳖”。《战国策·楚策》称蔡圣侯好食“湘波之鱼”。《吕氏春秋·本味》载：“鱼之美者，洞庭之鱄”。这些材料说明，从春秋战国到秦代，洞庭湖区即以产鱼著名。由于多鱼，《史记·货殖列传》称这一带“民食鱼稻”，后世称为“鱼米之乡”。

唐宋时期，洞庭湖水深面阔，鱼虾丰富，捕鱼业盛极一时。宋

捕鱼（彭征宇摄）

人米芾在《山市晴岚图》的序中描述洞庭湖是“鱼虾之会，菱芡之都”。北宋时，鼎州（今常德）制造出能载万担鱼的大船，官府豪绅垄断“山泽之利”后，用来大量运输鱼米出境。宋人范致明《岳阳风土记》载：“（华容民）多以舟为居处，随水上下，渔舟为业者十之四五”。该书并记载有江湖渔人钩捕大鱼的技术以及岳州人加工鲟鳇鱼卵的方法。

明清时期，洞庭湖区的渔业进一步发展。当时鱼虾出产丰盛，除内销外，多制成干鱼外销。明隆庆《岳州府志》载：“华容鱼利广于巴陵、临湘。大者则少，商人烘曝，贸易遍江淮间。”万历《华容县志·山水》载：“循县河而南，历褚塘湖，秋水涸，渔舟鳞比，至所在成市，渔灯鸬艇，纵横如画图然。鱼肥美硕大类，以售吴蜀，贾人获贱值。取小者曝之，名淡干。”清嘉庆十三年（1808年）《沅江县志》载：“昔者小民善渔”，“湖溪为居，网罟是利”。清光绪《湖南通志》引明通志及旧省志称，常德府等地“民以渔猎山伐为业”，“习网罟之利，旧称鱼米之乡，良有以也”。清光绪《巴陵县志·杂识二》说：“巴陵湖面五所。五所之民，多以网罟为业，编号完课。娶妻生子，俱不上岸。水汛，隶巴陵之渔户，概归巴陵。”当时，濒临洞庭湖的各县有许多鱼市，生意十分兴隆。津市就是一个由鱼市发展起来的城市。

洞庭湖区的鱼类品种，据道光《洞庭湖志·物产》记载有28种。光绪《巴陵县志·物产》记载，仅今岳阳市、县范围内就有34种。1925—1928年，据国外研究者的报告，共有64种，分隶49属。据《湖南省志·农业志》资料，洞庭湖区约有鱼类114种（或亚种），分隶70属，23科12目。新中国成立以后，洞庭湖渔业发展迅速，淡水鱼生产在全国占据重要地位。2014年，全省渔业生产实现产值338.9

刀子鱼（汪鹏摄）

亿元，比上年增加29亿元，增长5.6%，占当年农林牧渔业总产值的6.3%，比上年提高0.3个百分点。洞庭湖区渔业生产占据全省半壁江山。2014年，洞庭湖区的水产品产量达128.47万吨，占全省总产量的51.8%。其中，捕捞产量11.2万吨，占全省捕捞产量的61.8%；养殖产量117.3万吨，占全省养殖产量的51%。

民以食为天。可以说，洞庭湖养育了湖南乃至全国的儿女，洞庭湖区从过去到现在，都是名副其实的鱼米之乡。“湖南熟，天下足”不仅仅是一句谚语，也说明洞庭湖给了人类最珍贵的馈赠。

洞庭拾鱼

洞庭湖水域辽阔，盛产各种鱼虾、贝类，是著名的鱼米之乡。唐代诗人李商隐《洞庭鱼》诗云：“洞庭鱼可拾，不假更垂罾。闹若雨前蚁，多于秋后蝇。”描述的就是洞庭湖渔产丰富的盛况。俗话说靠山吃山，靠水吃水，洞庭湖丰富的水产资源，使鱼肴自古以来就成为洞庭湖一带百姓餐桌上的美食，洞庭鱼馔，源远流长。民间以鱼待客，亦成风俗，有“无鱼不成席”的说法，乡民待客更讲究“桌面（绰绰）有鱼（余）”，每年的大年团圆饭，饭桌上更不可缺少鱼，谓之“年年有鱼（余）”。

洞庭湖的鱼类中，以银鱼最为名贵。银鱼又称为“白鱼”“冰鱼”“玻璃鱼”“面条鱼”，属银鱼科，体长略圆，肉质细嫩，因鱼身无鳞，洁白如银，故名。银鱼体柔若无骨无肠，呈半透明状，漫游水中似银梭织锦，游速快时似银箭离弦，所以古人又把它喻为“玉簪”“银梭”。银鱼若是被捕获捞出水面，会立即变成白色，如玉似

撒网

雪，令人啧啧称奇。

据史料记载，银鱼早在春秋战国时就被人们看重，视为圣鱼、神鱼。“洞庭枇杷黄，银鱼肥又香。”五月枇杷黄熟之时，正是银鱼上市之季。每当此时，洞庭湖畔商贾云集，已成为洞庭水乡历年的一大风景。据现代营养学分析，银鱼营养丰富，具有高蛋白、低脂肪之特点，利于人体增进免疫功能，延年益寿。中医认为银鱼味甘，性平，补脾健胃，益肺利水，可治脾胃虚弱、肺虚咳嗽等疾病。洞庭湖银鱼畅销海外，日本人尤爱银鱼，视为鱼中人参。

银鱼是席上珍馐，色泽赏心悦目，滋味鲜香诱人，令人口舌生津、齿颊留香。银鱼的食用方法很多，煎炒熘炸、蒸煮烩炖皆可，最具特色的莫过于炸、炒、煎和做汤羹。干炸银鱼，色泽金黄，食之松、脆、肥、香。炒食银鱼，肥香鲜嫩，佐以它料，变化多端，风味各具。如银鱼炒蛋，菜色黄白相间，鲜嫩味美，其滋味细嫩如虾米。蒸食银鱼，鱼肉清香，鲜嫩油润，肥而不腻。如用虾仁、肥膘肉泥同蒸，其形似燕窝，是一款上乘的高档菜肴。用不同的配料制成银鱼汤，色味俱佳，鲜美可口。如配以鸡丝、肉丝、草菇、鸡蛋等，风味独特，鲜香诱人。洞庭湖银鱼还可制作成银鱼干，纤细灵秀，形如玉簪，不变味，不变质，耐收藏，从古到今都是馈赠亲朋好友的佳品。食用银鱼干时，用温水浸泡涨发，洗净后便可烹调，或炸或炒，或蒸或做汤，风味无不绝妙，或酥或脆，或软嫩或筋道，让人回味无穷。

除了银鱼之外，湖区水乡特色突出的招牌菜还有全鱼宴。全鱼宴选材主要讲究“新鲜”二字，所用的鱼全部产自洞庭湖，主要有鮰鱼、银鱼、鳜鱼、鳊鱼、草鱼、青鱼、鲫鱼、水鱼、鳝鱼、泥鳅等；配料也是出自洞庭湖的优质特色蔬菜或珍贵茶叶品种，如洞庭藜蒿、藕、荷叶、蘑菇、芦笋、君山银针等；加工刀法各有变化，有片、

银鱼

渔火

丁、丝、条、块、茸、球等多种；烹调方法有煎、炒、爆、熘、炸、焖、酥、蒸、煨、烩、烤、熏、炕、冻等；作料有紫苏、葱、姜、蒜、椒等；口味有酸、甜、鱼香、糟香、麻香、怪味等多种。

全鱼席菜品上百个，随时节而有所变化。水鱼因其难得而滋补，是湖区待贵客之珍品。清蒸全水鱼在讲究味、形、色、香、器的同时，着重于“形”，以“形”见精。烹调师宰杀、制作的水鱼，蒸熟后依然外形完整，色泽青黑，头部显露，四肢舒展，趴在盛满青汤的白花大瓷碗里，仍似活的一般。

洞庭湖区多竹，竹筒蒸鱼，为湘菜最具特色的菜品之一。以竹之清香裹鱼之鲜香，竹子既是容器又是佐料。厨师在烹制这道美肴时，首先将鲜鱼宰杀、洗净后，去掉骨刺，取其净肉，切成方块，佐以绍酒等调料，然后入锅旺火清炸，再置于精致竹筒中，上蒸笼旺火蒸熟。这样烹制出来的蒸鱼，鱼味带有竹香，既浓醇又不肥腻，其味鲜嫩适口。

子龙裹袍，因鳝鱼称小龙而得名。选精嫩的眉条肉剁成肉泥，精心调制，再精选锣槌青鳝，形成鳝鱼包肉，摆成腰盘入笼，武火快蒸后取出冷却，再用全蛋糊“穿衣”下锅，在温油锅中成形后捞出，去掉渣末，然后在滚油锅中炸酥，再或加椒盐，或作醋溜。上桌时，盘边点缀香菜、番茄等时鲜小菜，色彩诱人，宛如一件精美的盆景。入口时，鱼、肉、蛋三味俱全，外酥内嫩，油而不腻。

饮馔方法，多融会贯通。叉烧鳜鱼便是运用常州“叫化鸡”制作方法于鱼类制品，并不断演变而成的一道有名湘菜。先用各种调料抹遍活鳜鱼鱼身，腌制半小时，再将排冬菜、猪板油、冬笋、火腿切成颗粒，加味精拌匀灌入鱼腹内，并将鱼腹封好。用鸡蛋糊均匀糊上鱼身，然后用猪板油将整个鱼身包紧，放在铁丝夹上以炭火焙烤至熟。

剥离附着物后，便是一条油光发亮的鱼了，吃时浓香扑鼻，色、味、形俱佳，实为难得之美味。

蝴蝶过河这道菜以刀工见长。先用刀锋在财鱼脊背上从头到尾划一条口子，去其皮和内脏，再采用横刀法片成薄片，片出来的鱼肉呈半透明状，形似蝴蝶，摆放入盘，如一件艺术珍品。将鱼头、皮、骨、刺倒入锅内熬煮而成清汤，待客人到齐开餐后，将财鱼片边投入鱼汤中边迅速捞起，真像是蝴蝶双双漂洋过海一般。吃起来，嫩滑清脆，爽口不腻，鲜香可口，实为席上珍品。

著名作家碧野在《长江浪阔鮰鱼美》中赞赏石首笔架鮰鱼鱼肚，白如雪花，嫩如春芽，细嫩如脂，又重又滑，松软香甜，黏而不腻，入口即化，易于吸收。笔架鱼肚富含多种氨基酸、维生素和微量元素，胶原蛋白含量达60%，备受女性的青睐。

…………

全鱼宴的许多菜名还带有浓厚的文化色彩：如“龙女一斛珠”与传说中的柳毅传书故事相关；“双麻鱼脆”与斑竹故事相关；“红油刨花鱼”与鲁班修筑岳阳楼故事相关；“鸡汁银鱼羹”与吕洞宾游岳阳故事相关；等等。因此客人在品尝全鱼宴的同时，也是在回味着一个个美丽的神话传说。

洞庭银鱼，也与战国时被流放到楚地的屈原有关，传说银鱼便是百姓投粽所裹糯米所化。屈子行吟泽畔，于浩荡洞庭观鱼跃鸢飞，不知有没有试过湖区的鱼宴？他笔下的美人已不知所终，而香草年年都在发青转绿。据考证，楚辞中的香草“宿莽”便是今日湖区居民食鱼时极爱用的紫苏，而“申椒”可能便是花椒。这洞庭鱼米，滋养着湖湘大地，它们对人类的恩泽延绵不绝。

藜蒿满湖芦芽短

“洞庭湖的草，城里人的宝”，说的就是遍布洞庭湖湖洲、河沼的藜蒿和芦笋。

藜蒿，别名“芦蒿”“小艾”“水蒿”等，为菊科蒿属多年生草本植物。《本草纲目》草部第十五卷记载藜蒿根“气味甘平无毒，主治五脏邪气，风寒湿痹，补中益气，长毛发，令黑。疗心悬、少食常饥，久食轻身，耳聪目明，不老”。中医认为其除食用之外还有清热、利湿、杀虫之功能。藜蒿营养丰富，可食用部位是它的嫩茎，每100克可食部分中含蛋白质3.6克，钙730毫克，维生素$B_1$0.0075毫克、胡萝卜素139毫克、维生素C49毫克、铁2.9毫克。早春时节最为鲜嫩可口，苏东坡的“蒌蒿满地芦芽短，正是河豚欲上时”，讲的就是春天的藜蒿。

季节的变换是一种美妙的事情，年年春草又绿。在洞庭湖的春天里，采撷藜蒿是一种乐趣。经过一个冬天的蛰伏，藜蒿在春天变得更

采藜蒿（汪鹏摄）

加肥壮脆嫩，只要轻轻一折即断。不过藜蒿的香气又是极端的，如同野葱、香菜，带着强烈的辛香。藜蒿因有特殊的芳香，素炒则清脆爽口，同时与其他食材一起也百搭相宜，但唯独与腊肉搭配，堪称天作之合，世间美味。藜蒿炒腊肉中的腊肉金黄，藜蒿青绿，有一股特别的清香味道，脆嫩爽口，醇香柔润。仿佛藜蒿就是为腊肉而存在的。过年时候腌制的腊肉与春天长出的藜蒿，做成一道人间美味，也就在情理之中了。当无数游子惆怅、焦虑、不满足，回到家乡过年，一碗藜蒿炒腊肉拌饭下肚，就找到了各自的和解。

同几乎所有的美食一样，野生的藜蒿具有非常强的时令性，民谣里说“一月藜，二月蒿，三月四月当柴烧”，过时的藜蒿如嚼草根，只能用来喂猪或者堆肥了。

最近这些年，由于藜蒿的食用价值高，因此人工栽培也变得普遍起来，藜蒿上市的时间也相应提前了。春节前夕就能在菜市场看到，因此藜蒿也成为春节里不可或缺的一道菜，尽管那个时节藜蒿的价格往往超过了猪肉，但过春节的人们并不在意这些。人总是这样充满怀旧情怀，对于一些口味，一纠缠上就是一辈子。

同藜蒿一样，芦笋是上帝给予湖区民众的又一丰厚馈赠。

在八百里洞庭，有面积广大的芦苇群落。芦苇一律环绕湖堤内侧向湖心生长，纵深数十里，浩浩荡荡，颇为壮观。初春，乍暖还寒时节，煦暖的阳光洒落在洲土上，一个冬季憋红了脸的芦芽和着春日的温暖急不可耐地钻出土来，密密匝匝，生机盎然。这些小精灵见风就长，尤其在雨后长得特别快，几场春雨过后，便已开枝散叶，郁郁葱葱，婆娑起舞。正是芦笋初似竹，稍开叶如蒲，便到了采食品尝芦笋的最佳时节。唐人郑谷云：“芦笋鲈鱼抛不得，五陵珍重五湖春。”宋人袁说友也道：“江南风物与君论，芦笋蒌蒿荐晚樽。”可见，早

南洞庭湖芦苇荡（汪鹏摄）

在唐宋，芦笋就已经是人们心目中的一道美味佳肴、上品名菜。最为有名的当然还是苏东坡笔下“蒌蒿满地芦芽短，正是河豚欲上时”。

芦的茎分地下、地上两部分。地下茎呈根状，即常说的芦根。整体沿着水平方向生长，如一条长鞭，又叫“跑马根”。每年逢春时，跑马根上的芽孢开始萌发，长成地上茎。因刚出土时形似竹笋，所以俗称“芦笋”。芦笋很少用来清炒而食，多作为配菜，比如鱼头炖芦笋、腊肉炒芦笋等。在纯湖区的华容县、君山区、南县和沅江市，所有民众都会认为，芦笋只有煮到鱼汤里吃才是最美味的菜品。平日里吃的多是鲶鱼或鳙鱼头煮芦笋。将铁锅烧红，倒入菜籽油，生姜少许用刀拍碎，置于其中，以防粘锅。而后滑入鱼头，细火慢煎，待煎至一面焦黄，翻过来再煎另一面，再倒入清水。一会之后，雾气腾腾，满室生香。看到鱼汤翻滚、呈乳白色之时即可调味了，放入食盐、酱油、陈醋、牛角尖椒和葱蒜等佐料。再将芦笋从水中捞出后拧干，放入鱼汤中炖煮。不用转锅装盘，鱼之鲜美、笋之脆嫩清香，尽在其中，味道妙不可言。

洞庭有芦笋，似可敌莼羹。阳春三月，若躬身前来采摘一把脆嫩芦笋，来一次船头烹鱼，洲上煮酒，定然别有一番风味。味蕾上的偏爱，就是这样养成的。一方水土养一方人，洞庭湖里这些普通又神奇的风味食物，自然也演绎为某种文化和情感的蕴积。

芦笋（汪鹏摄）

白银盘里一青螺

君山岛位于岳阳市西南十余千米的洞庭湖中，古称“洞庭山”“湘山”，因舜帝的两个妃子娥皇、女英葬于此，屈原在《九歌》中称之为“湘君”和“湘夫人”，故后人将此山改名为“君山”。君山岛是八百里洞庭湖中的一个小岛，与千古名楼岳阳楼遥遥相对，总面积约一平方千米，由七十二座山峰组成，被道教列为天下第十一福地，现为国家级重点风景名胜区。

虽然君山岛不若岳阳楼那般有名气，但盘贮青螺、滴泪斑竹、四面迎爽的秀丽君山岛，有着“两字关情”流传千古的范相文记，有着柳毅传书、吕仙三醉、二妃哭舜的美丽传说，亦足以叫天下人赞叹。

人类在君山岛上的繁衍生息，最早可以追溯到新石器时代，人们在岛上过着渔猎生活，有乌龙尾遗址为证。从古至今，历史留存下来的典籍和历代神话传说记载了各个时期人们在君山的活动，赋予了君山岛诸多传奇色彩。据载，君山岛上有五井四台、三十六

君山岛

亭、四十八庙等各种景点，景物众多。历代文人墨客围绕君山的“奇”“小”“巧”“幽”“古”，或著文赋诗，或题书刻石。这里有历史上最早的摩崖石刻“星云图”；有新石器遗址；有惊天地、泣鬼神的爱情见证——斑竹、二妃墓、柳毅井；有秦始皇的封山印；有汉武帝的射蛟台；宋代农民起义的飞来钟、杨么寨等。

《庄子·天运》篇记载：“（黄）帝张咸池之乐于洞庭之野。”后来又有民间传说，说黄帝又在君山铸鼎，鼎铸成后黄帝飞升上天，君山岛上的“轩辕台（铸鼎台）”“飞升亭”就是纪念黄帝的。据《山海经》《史记》《淮南子》等文献记载，距今4 000多年前，舜帝巡狩南方，崩于苍梧之野，娥皇、女英二妃寻夫来到洞庭山，听到舜帝逝世的噩耗，不禁肝肠寸断，悲痛万分，攀竹痛哭，终因忧伤成疾，不治身亡，最后葬于君山，至今“二妃墓”墓冢犹存。战国时期楚国爱国诗人屈原被放逐，流亡于洞庭湖区时，以民间传诵的娥皇、女英的故事为素材，写下了著名的《湘君》和《湘夫人》，歌颂二妃坚贞不渝的纯洁爱情和高尚品质。为纪念二妃，人们在君山上修建了一座“湘妃祠”。湘妃祠始建于何时，不得而知。《史记·秦始皇本纪》则记载了秦始皇二十八年（前219年）秦始皇“浮江至湘山祠”。唐代巴陵县令李密思的《湘君庙纪》也有“昔人有立湘君祠于此山，因复谓之君山，其庙宇为秦王毁废后，亦久无构葺者”的记载。南宋宁宗嘉定四年（1211年），岳州知府李邕与参军茅无竟等人重建湘妃祠，内供湘妃神像。到明代，据清道光《洞庭湖志》记载，“明弘治五年（1492年）初，通判李士侪重修，拓其制中为大殿，后为懿范宫，前为门，周围缭以撰”；明嘉靖初年（1522年），郡守韩士英又重修。当时诗人孙宜有一首咏湘妃祠的五言古风，最后几句为：“凄凄湘君调，惋惋舜帝吟。载歌屈原咏，落日愁沾襟。”到了

湘妃祠

同治十二年（1873年），张之洞出任湖广总督，游览了君山，整修了湘妃祠，并为湘妃祠写下400字的祠联。后来，湘妃祠又被毁掉，长久失修。现在的湘妃祠重建于1985年，以嘉庆九年（1804年）的《巴陵县志》图舆为蓝本重修的。

君山不仅名胜古迹众多，其文化底蕴也特别深厚。唐代以前，有关君山人物的记载和传说都是关于帝王、后妃的。到了唐代，君山成了著名的游览胜地，声名远播，文人墨客、迁客谪宦纷至沓来，以君山为背景或题材的文学作品不断涌现。唐玄宗开元三年（715年），贬谪岳州的中书令张说在他的诗作《送梁六自洞庭山》中写道："巴陵一望洞庭秋，日见孤峰水上浮。闻道神仙不可接，心随湖水共悠悠"，成为第一个吟咏君山自然美景的大诗人。中唐时期，"烟波钓徒"张志和隐居、垂钓于君山，刘禹锡六次游览岳阳，四次吟咏君山。刘禹锡在《望洞庭》一诗中写道："湖光秋月两相和，潭面无风镜未磨。遥望洞庭山水翠，白银盘里一青螺"，把君山比作晶莹剔透的白银盘中的一颗青螺，令人拍案叫绝。

去君山游览，观赏和品君山茶是一项不可或缺的活动。岛上一层层的茶园像一条条碧绿的玉带围绕在大小山头，中国十大名茶之一的君山银针就产自这里。《巴陵县志》云："君山贡茶自国朝乾隆四十六年始，每岁贡十八斤。谷雨前，知县遣人监山僧采制，一旗一枪，白毛茸然，洵珍品也，俗呼白毛茶。"曾燠诗云"一旗一枪此时采，煎入瓷瓯湘水毛"。这里说的白毛茶和《潇湘听雨录》中说的毛尖，就是君山毛尖。同治十一年（1872年）《巴陵县志》引清代吴敏树《湖山客谈》记述："贡尖下有贡兜，随办者炒成，色黑而无白毫，价率千六百，粗五十止，其实佳茶也。"可见君山茶有"贡尖""贡兜"之分，把茶叶来回进行拣尖，分开芽头称"尖茶"，白毛茸然，用作纳贡，又称“贡尖”。余称“贡兜”，质量也不差。君山银针可能就是“贡尖”或由“贡尖”演变而来。20世纪50年代初期，制君山银针就是采用拣尖精选芽头。因此，君山银针始于清代之说，较为可信。

君山银针的产量不高，岛上现有茶园400余亩，每年仅500千克左右。君山银针采摘开始于清明前三天左右，直接从茶树上拣采芽头。为防止擦伤芽头和茸毛，盛茶篮内衬有白布。芽头要求长25～30毫米，宽3～4毫米，芽蒂长约2毫米，肥硕重实，一芽头包含三四个已分化却未展开的叶片。采茶亦讲究，雨天不采、露水芽不采、紫色芽不采、空心芽不采、开口芽不采、冻伤芽不采、虫伤芽不采、瘦弱芽不采、过长过短芽不采，即所谓君山银针的“九不采”。

用洁净透明的玻璃杯冲泡君山银针时，可以看到初始芽尖朝上、带头下垂而悬浮于水面，随后缓缓降落，竖立于杯底，忽升忽降，蔚成趣观，最多可达三次，故君山银针有“三起三落”之称。最后竖沉于杯底，如刀枪林立，似群笋破土，堆绿叠翠，妙趣横生，历来传为美谈。

且不说品尝其香味以饱口福，只消亲眼观赏一番，也足以引人入胜，神清气爽。根据“轻者浮，重者沉”的科学道理，“三起三落”是由茶芽吸水膨胀和重量增加不同步，芽头比重瞬间变化而引起的。可以设想，最外一层芽肉吸水，比重增大即下降，随后芽头体积膨大，比重变小则上升，继续吸水又下降。这种现象在其他品类芽头肥壮的芽茶中也偶尔可见，但都不及君山银针频繁。可见君山银针的芽头肥壮程度是出类拔萃的，这也是它品质上的一大特点。君山银针于1956年国际莱比锡博览会上，因质量优良，被誉为“金镶玉”，并赢得金质奖章，其售价也创中国当今名优茶之最。

君山银针

洞庭山水翠，银针余味长。如果说君山是洞庭湖里的一尾青螺，那君山银针就是这尾青螺上的一抹鲜香。袅袅茶香在这洞庭波涛中日夜沉浮、浸润、发酵，让原本雄浑壮阔的大湖平添了清雅和诗意。君山岛上，每一个古迹都是一段厚重的历史，每一个故事都是一段悠远的记忆。

魏俊非作

江豚的微笑

江豚是洞庭湖的精灵，又叫“江猪”。人们对江豚最深刻的印象，莫过于它的微笑。大大的脑袋，小小的眼睛，加上微微上翘的嘴角，这副天生的笑脸为它赢得了“微笑天使”的美名。

在岳阳三江口、君山华龙码头或者华容县集成垸长江故道，天气晴好的时候，大概率能看到江豚跃出水面、自由游弋。它们既有独自跃出水面呼吸清新空气、晒晒太阳的，也有成群结队同时飞跃而出的。在要发生大风天气前夕，江豚的呼吸频率就会加快，也会露出水面很高，头部大多朝向起风的方向“顶风”出水，渔民们把它的这种行为称为“河神拜风”。因为江豚依靠肺来呼吸，天气变化之前水中气压较低，使它不得不增加呼吸频率，以获得足够的氧气。

江豚体长为120～190厘米，体重100～200千克。它的头部较短，近似圆形，额部稍微向前凸出，吻部短而阔，上下颌几乎一样长，牙齿短小，左右侧扁呈铲形。眼睛较小，很不明显。身体的中部最粗，横剖面近似圆形。背脊上没有背鳍，鳍肢较大，呈三角形，末端尖。尾鳍较大，分为左右两叶，呈水平状。后背在应该有背鳍的地方生有宽3～4厘米的皮肤隆起，并且具有很多角质鳞。全身为蓝灰色或瓦灰色，腹部颜色浅亮，唇部和喉部为黄灰色，腹部有一些形状不规则的灰色斑。一些个体在腹面的两个鳍肢的基部和肛门之间的颜色变淡，有的还带有淡红色，特别是在繁殖期尤为显著。

每当有大船行驶，江豚则喜欢紧跟其后顶浪或乘浪起伏。它还会做出有趣的吐水行为：将头部露出水面，一边快速地向前游进，一边将嘴一张一合，并不时从嘴里喷水，有时可将水喷出六七十厘米远。呼吸时仅露出头部，尾鳍隐藏在水下，然后呈弹跳状潜入水下。呼吸间隔一般为一分钟左右，但如果受惊，下潜的时间可达四五分钟。一般如果入水时不弓着腰，在水下停留的时间就不会很久，但下潜时弓腰的幅度很大，则表示将要深潜，不会连续出水。当顺流游动时，下一次出水的位置一般离前一次出水位置10米左右，逆流时一般只能前进3米左右。

江豚的食物包括青鳞鱼、玉筋鱼、鳗鱼、鲈鱼、鲚鱼、大银鱼和虾等，随着所处的环境不同而改变。觅食的时候江豚首先快速游动，多为深潜，露出水面频繁，呼吸声也较大，在水面激起二十多厘米高的涌浪。发现猎物后，江豚团队就迅速建立一个包围圈，围绕鱼群快速旋转，用尾叶击水、搅水，挤压鱼群，使其惊飞外逃。大家旋即张开嘴巴，敏捷地“接球”、吞食鱼类，场面甚为壮观。吃饱之后，江豚才各自离队，慢条斯理回家。

水域污染、工程建设、航运发展、过度捕捞，还有非法采砂等一些人类活动，直接或间接地伤害了长江江豚，压缩江豚的栖息地，干扰江豚的通信交流，最终导致江豚意外死亡的现象频发。近年来，湖南省按照农业部“长江江豚拯救行动计划”，持续开展洞庭湖春季禁渔制度和鱼类人工增殖放流活动，严厉打击非法捕捞、违规采砂等违法行动，加强水域生态保护，保护江豚及其生存环境。岳阳市江豚保护协会还积极组织开展迁地保护研究工作，选定华容县集成垸长江故道作为江豚自然保护区进行江豚迁地保护，江豚种群数在不断回升。

2011年，江豚处于极度濒危境地。湖南日报记者徐亚平迅速组建了我国首家保护江豚的民间组织（NGO）——岳阳市江豚保护协会，确定了“让江豚升格为国家一级保护动物、建立江豚保护区、实施江豚迁地保护”三大攻坚目标，提出“永远留住江豚的微笑”的战斗口号，组织长江流域志愿者打响了江豚保卫战。

协会甫一成立，就组成“留住江豚微笑”宣讲小分队，深入机关、学校、社区、渔村宣讲；协助央视制作播出江豚保护公益广告；整合资源，在洞庭湖、长江大堤等地发布大型公益广告；常年开展大型江豚图片、版画展览，生态晚会，通过网站和微信公众号发布江豚保护动态。2012年起，徐亚平个人在湖南日报开设环保专栏《拯救江豚——亚平手记》。2021年2月5日，江豚终于升格为国家一级保护动物。

岳阳扼洞庭、临长江，生态环境保护线长、点多、面广，任务艰巨。2012年1月，协会组建水上巡逻队，高频阻击非法排污、非法采砂、非法捕鱼；并在湖南全境确立了20多个“守望监测点”，组织5个小分队天天坚守，在湘北大地建起了一张保护湘江、洞庭湖、长江的“绿色网”。近10年间，他们共巡逻近2 000次，参与队员达10 000余人次。

“保护江豚是个系统工程，必须放眼全局，统筹兼顾，打好保卫江豚持久战！”协会号召志愿者不忘初心、牢记使命护生态，建立

江豚一家子（王克清摄）

了科研发展部，研究江豚救护和迁地保护；还开展“打通长江”流域NGO联动、协作，在沿江10多个城市帮助创建江豚保护机构。协会副会长任增颖领衔开展海水江豚保护工作，得到辽、鲁、津、冀等地志愿者的呼应。

春华秋实。岳阳市江豚保护协会为全球参与江豚保护提供了机遇和平台，唤起了全球对江豚这个珍稀物种的关注并达成共识。江豚已由10年前的80多头回升到目前的120多头。目前，洞庭湖区、长江湖南段非法排污、非法采砂、非法捕鱼已经完全杜绝，江豚真正进入了一个平安时代。这个水上的微笑天使也终于露出了会心舒心的微笑，在洞庭湖的烟波里跳跃绽放。

洞庭湖观鸟

鸟是人类的朋友。自古以来，它们同人类就有着极为密切的关系。古代湘人发现大雁南飞北返的习性，并把衡阳认定为候鸟迁徙的止点，回雁峰、“雁阵惊寒，声断衡阳之浦”、潇湘八景之一的“平沙落雁”等，都是因此而来。但实际上，真正的观鸟天堂不在雁城衡阳，而是在冬季的洞庭湖。

湖南是全国候鸟迁飞主要通道省份，洞庭湖作为“东亚—澳大利亚”候鸟迁徙路线上的国际重要湿地，每年10月至翌年3月，都有20余万只候鸟风尘仆仆、万里迢迢，赴一场漫长的约会，洞庭湖区就是它们主要的越冬栖息地。鸟类的迁徙是千百年来形成的习性，在繁殖地与越冬地之间，往往间隔近万公里的路程。它们长途跋涉，不仅仅为了解决冬季的食物问题，在长途的迁徙中，对于种群的优胜劣汰也很重要。

岳阳市君山区小丁字堤和采桑湖是东洞庭湖主要的冬候鸟栖息

地，以雁鸭类和鸻鹬类之多著称，尤以小白额雁、罗纹鸭、白琵鹭、反嘴鹬数量最多，沿大堤可观察到灰鹤、白头鹤和白枕鹤。

常德市汉寿县境内的西洞庭湖，总面积3.5万多公顷，是淡水湿地生物多样性最丰富的区域之一。这里数万亩的自然芦苇林，是候鸟的最爱地。每年冬季有成千上万只候鸟在区内越冬，其中国家一、二级保护鸟类20多种，以黑鹳、白鹤等珍稀物种最为独特。

南洞庭湖是一个大自然迷宫，拥有2.4万公顷的湖洲芦苇——世界上最大的苇荻群落，也成为鸟类的最佳栖息地，可以观察到白鹤、白头鹤、中华秋沙鸭等国家一级保护动物。

2021年1月，东洞庭湖国家级自然保护区管理局联合中国科学院亚热带农业生态研究所、湖南省林业科学院、西洞庭湖国家级自然保护区管理局和横岭湖省级自然保护区等单位，组成9支调查队伍，分赴东洞庭湖、西洞庭湖、南洞庭湖、横岭湖区域，开展环洞庭湖区越冬水鸟同步调查，共监测到越冬水鸟7目12科53种288 157只，比上年同期增加41 089只，增长16.6%。这是洞庭湖越冬候鸟自有同步调查记录以来数量最多的一次。

这些鸟儿中，有国家重点保护鸟类7种10 553只，其中国家一级保护鸟类有3种161只，分别为黑鹳106只，白鹤47只，白头鹤8只；国家二级保护鸟类4种10 392只，分别为白琵鹭、小天鹅、灰鹤和白额雁。在洞庭湖越冬的鸟类中，最多的是雁形目鸭科鸟类，调查观测到24种201 951只，占总数量的72.6%，其中罗纹鸭、豆雁和绿翅鸭在数量上明显有优势，分别有64 699只、59 751只和23 367只，占总数量的22.5%、20%和8%。

雄性罗纹鸭头部绿色，胸部羽毛呈螺纹状花纹。洞庭湖越冬的鸟类中，罗纹鸭在数量上排名第一。

灰雁（刘亦工摄）

水上芭蕾　反嘴鹬（汪鹏摄）

白琵鹭（朱华章摄）

东方白鹳属大型涉禽，国家一级重点保护动物。越冬地主要集中在长江中下游的湿地湖泊，近年来在洞庭湖屡被发现，但数量十分稀少，可谓越冬鸟类中的珍禽。这种体态相当优美的生物，却有着粗壮坚硬的嘴，喙更像一把锋利的匕首。

鸿雁是鸟中信使，属冬候鸟，种群数量近年来急剧下降，仅分布于洞庭湖及周边湖泊。但古代它的大名却在“通信行业”流传，“传书”“鸿雁”就是指它，常常引起游子思乡怀亲之情和羁旅伤感，也以其来指代书信。

人不高兴时有时会噘起嘴巴，有一种水鸟无论高兴还是不高兴，始终把嘴巴噘得高高的，这种鸟儿就是水鸟反嘴鹬。上翘的或者说反着长的长嘴巴，是它最具辨识度的特征。在寒潮时，他们会随冷空气大批来到洞庭湖。鸟类摄影爱好者有个共识，在国内，拍摄反嘴鹬最佳地点就是东洞庭湖的濠河湿地。

鸳鸯成双入对，国家二级重点保护野生动物。鸳是雄鸟，鸯是雌鸟。雄鸟华丽，雌鸟暗淡。在洞庭湖，鸳鸯一直被视作冬候鸟，越冬种群数量从数十只至数百只不等。近年来，在湖南省通道县玉带河国家湿地公园内观测到了野生鸳鸯繁殖幼鸟，这是野生鸳鸯繁殖的首例实证。

白琵鹭是鹭中长嘴王，种群数量稳定，分布于洞庭湖及周边湿地，易见。白琵鹭是鹭的一种，与一般的鹭长得差不多。不过区别也很明显，白琵鹭在鹭中嘴巴是最长的，达20多厘米。

家鸭祖先绿头鸭，种群数量较丰富，主要分布于洞庭湖及周边湖泊。早在战国时期，中国人就开始饲养和驯化绿头鸭，所以绿头鸭是最早驯化饲养的野鸭，是家鸭的祖先。

“网红”翘鼻麻鸭是洞庭湖区常见的冬候鸟，与普通鸭子相比，因上嘴壳翘起幅度更大，得名“翘鼻”。它鲜红的嘴，顶着一头浓密的黑发，上嘴基部在繁殖季节有一突出的红色皮质瘤，就像长了个“红鼻头”。胸前还系着深栗色的“围巾”，站在一群鸭子中间，简直是鸟群中的高富帅。翘鼻麻鸭的身材也颇显肥大，走起路来扭来扭去，非常可爱。它们的体羽在鸭群中很醒目，大老远就能认出来。

天鹅种群数量丰富，国家二级保护动物。鸟中“尤物”，非天鹅莫属。它们拥有高颜值的美貌，大天鹅尤为优雅端庄，东方文化和西方文化都不约而同地把白色的天鹅作为纯洁、忠诚、高贵的象征。不过现实中，与高冷的性格恰恰相反，小天鹅是鸟群中有名的噪音制造者。不断地交谈似乎是它们日常生活的一部分，而且并不太怕人类，可以允许摄影师走到400米开外拍摄，对比将大部分摄影师拒之门外的候鸟，小天鹅简直特别友善。

仙禽白鹤，种群数量极为稀少，体长达130～140厘米。鹤羽洁白，鹤鸣清越，鹤舞蹁跹，古人多用白鹤比喻高洁贤能之士。鹤还是人们心目中的“仙禽”，是吉祥与长寿的象征。白鹤以沉水植物苦草的根茎为食，有时也吃泥沙中螺蛳、蠕虫。它对于苦草群落有着高度的依赖，而这种沉水植物的生长需要良好的水文环境，尤其需要自然涨落的湖泊，在退水后，水质较好的情况下才会大面积生长。所以有白鹤出现的地方，这一地区的水文条件要达到非常苛刻的要求。对于观鸟的人来说，能够在野外自然的环境中偶遇白鹤，不亚于在川西丛林中看到大熊猫，让人兴奋不已。

鸬鹚是捕鱼大师，又叫水老鸦、鱼鹰，种群数量丰富。它善于游泳和潜水，巧于捕鱼为食，一般可潜水1～3米，有时达10米之深，人类驯化鸬鹚捕鱼已有数千年的历史。

灰雁是飞行艺术家，主要分布于洞庭湖及周边湖泊，英国一位摄

天鹅（张世平摄）

鸬鹚（刘雨甜摄）

影师多年前就意外地发现灰雁会仰飞，而且把它的这一奇特姿态拍摄了下来。鸟类学家分析说，灰雁仰飞是为了抵御大风。灰雁与常见的豆雁、鸿雁的亲属关系较近，但是数量比较少。它们喜欢柔软的沙滩跟长满苔草的草甸。前者是它们挖掘草根、吃底栖水生动物的地方，后者则有鲜嫩的草茎。生活在洞庭湖的雁类，以豆雁、小白额雁的数量最多。它们制造的最具标志性的景观就是飞行时形成人字形的队列。

运动健将绿翅鸭，种群数量较丰富，洞庭湖区较大的湖泊均有分布。绿翅鸭体型很小，但却是速度冠军，飞行时速可达120千米。洞庭湖越冬的鸟类中，绿翅鸭在数量上排名第三。

每至观鸟季，这些形态各异、品种繁多的候鸟便在洞庭湖翱翔、云集，数十万候鸟使冬季苍茫浩渺的八百里洞庭增添了活力与生趣。人们从世界各地赶到东、西洞庭湖等观鸟胜地，一睹这场洞庭水上鸟类芭蕾，感受洞庭水“此乐何极”的另一面。

闻道洞庭有神仙

洞庭湖区不但拥有中国传统文化的主旋律，同时具有丰富多彩的、为普通老百姓所喜闻乐见的传说故事和民间信仰。比如二妃传说，孟姜女、杨泗将军、柳毅与小龙女、刘海与狐仙的故事等，或人或神，彰显了湖区民众的喜怒哀乐与内心价值世界。

湘君、湘夫人的传说，最早见之于《尚书》，后来《孟子》《山海经》等典籍也有记载。娥皇、女英这两姐妹是尧的女儿，舜的妻子。舜帝南巡后，她们千里寻夫来到洞庭湖，听到丈夫崩于苍梧的消息，双双投水。湖区留下了许多二妃的传说故事。君山又名湘山，得名于二妃。采桑湖得名，源自二妃，君山上斑竹又名湘妃竹，也出自二妃。二妃的壮烈行为得到了湖区老百姓的尊崇，二妃被民间尊为湘水之神。一直到宋代，遍布江南的黄陵庙，祭祀的并非黄帝轩辕而是娥皇女英。但是二妃故事的发扬光大，却得力于在湖区生活了十多年的屈原。屈原的反复吟唱，扩大了湘妃故事在官僚和文人中的传播。

《后羿射巴蛇》雕塑

娥皇、女英的故事，讴歌的是爱情——女子对丈夫忠贞不贰的爱情，在中国男权社会演义几千年，世世代代受到人们的推崇与纪念，这段催人泪下的情感剧得以成为目前为止中国最为古老、也最为动人的爱情故事。

唐中叶，因为李朝威《柳毅传》，诞生了又一段经典爱情故事。小说描写了书生柳毅与洞庭龙王女儿的爱情，柳毅后来被湖区民众尊为洞庭王爷，掌管这一片烟波浩渺的水域世界，民众祈求他保佑湖区平安。这样一位与洞庭湖完全无缘的作家为什么会虚构一出关于洞庭龙王之女的爱情故事呢？中唐时期的文化历史语境应是洞庭湖情结出现、情感意蕴得以丰富的主要原因。中唐以前，唐代文人多存有强烈的由文事致卿相的功名愿望，充满激情与进取意识的风貌艺术地展现在他们的文学作品中。安史之乱以后，国运衰退，中兴成梦，士人进取之心渐消，遂多于现实之外寻求寄托。具体到小说创作上，表现为在“粗陈梗概”的六朝志怪小说的基础上，辅以想象、虚构，在才子佳人、人神交往、求道成仙等情节中解释现实人生、抒发内心怨愤、寄托情感诉求。洞庭湖作为一个有着丰富历史文化积淀的地域，它一直都是一个集悲情、浪漫与隐逸于一身的复杂的地理空间，它已经超越了地域概念而升华为一种包容了固定情思的文化符号和普遍意义上的文化象征，很好地满足了这一时期文人的期许。在这里，洞庭湖被抽象为一个可以不受身份与礼教的约束，只是滋生爱情与浪漫的精神符号。《湘中怨解》中“情无垠兮荡洋洋，怀佳期兮属三湘”，一个“属”字就为我们展示了唐代小说家的内心隐秘的世界。

人们把柳毅塑造成为司职江南巨浸洞庭湖的水神形象，广为立庙祭祀，以佑航行平安和风调雨顺。至今，在君山上还有一口相传为柳毅去龙宫传书的入水口古井，名“柳毅井”。君山秋月岭山麓还有洞

柳毅井

庭庙，整个庙宇占地5 000平方米，气象宏大。庙为二进庭院式，青瓦红墙，雕龙画凤，前有九龙引柱。一进正殿挂“洞庭庙”匾，内坐黑脸大王——洞庭王爷武像：以手加额，手托明珠，目光前视，仿佛正在调节阴阳，抑止洞庭风浪。据传柳毅传书后，洞庭龙君为了报答柳毅救女之恩，要将三公主嫁给柳毅，柳毅认为救人于危难之中乃做人之本分，不可因此为己谋利，便婉言谢绝了。柳毅出宫后，倾慕柳毅的龙女扮成渔家姑娘，与柳毅结为夫妻，婚后才道破实情，与柳毅重返洞庭水府，柳毅被封为洞庭王爷。龙君担心柳毅这白面书生镇不住水妖陆怪，便命钱塘君做了个怪面具，让柳毅白天戴着巡查湖岸，晚上脱下面具再回家。一次，柳毅巡湖一直忙到深夜，回家时忘记取下怪面具，一踏进家门便再也取不下来了。于是柳毅便由白面书生变成了黑脸大王。柳毅在洞庭湖畔做了很多好事，人们为了纪念他，便在君山修建洞庭庙。凡过往洞庭湖的人都要进庙烧香，祈求平安。至今，洞庭湖一带船家中仍流传着“大难不离洞庭王爷，小难不离杨泗将军”的俗语。从一篇唐代传奇转化为洞庭湖区的重要水神崇拜，个中原因一言难尽。洞庭龙王没有成为主祀神，而他的女婿掌管了这一片水域，李朝威还把钱塘君拉来做陪衬，民间信仰的自由随性自屈原时代起就是如此，它不真实也不科学，但是一种文化。

洞庭湖诸神中，或人或神、形象较为复杂和混乱的是杨泗将军。在遍布湖区的杨泗庙中，因为杨么因素的加入，在信仰中严格区分十分困难。也有地区民众把杨泗将军等同为洞庭王爷，华容县插旗镇千和村的舒氏庙，其主神洞庭王爷就是杨泗将军。在洞庭湖区，杨么传说对于杨泗将军信仰的支撑作用尤为突出。作为信仰对象的杨么，其庙宇遍布洞庭湖区，香火旺盛，关于杨么的各种传说演绎着神灵的由来和功德，化解着信众的困惑。智慧的民众以充满人情味的传说为自己的信仰寻找到合乎情理的依据，固化了杨泗将军信仰。洞庭湖区老百姓崇信杨泗将军的习俗相当普遍，尤其是在洞庭湖周边，渔民们开船启航都要拜祭杨泗将军。一般临水的佛寺道观都有供奉杨泗将军像，大多数为身穿金盔金甲，手握利剑，或坐或站立状的武将。

明清时期洞庭湖地区水灾加剧，再加上明清以来大规模移民涌入的过度开发，洞庭湖区的生态平衡被破坏，以水灾为主的各种自然灾害的频发。而清代中期以后，洞庭湖地区商品经济勃兴，内河航运业发展，水路交通在地方经济与社会中发挥重要作用。整个洞庭湖流域处处水急滩险，船排行江，多有危险，船工、排工为求水上平安，把自己的良好愿望寄托在他们崇祀的土著神灵——杨幺身上。由于“等贵贱，均贫富”口号在洞庭湖区深入人心，杨幺在洞庭湖区人民心中有着崇高的地位，民间一直盛行祭祀杨幺。又由于杨幺与水神杨泗将军之间有着诸多共同之处，如姓氏的巧合，与洞庭湖的关联等，洞庭湖区民众逐渐将地方神杨幺与斩孽龙的水神杨泗将军融合在了一起。崇祀杨幺的民众为避统治者之忌，为杨幺隐名神化，附会以斩孽龙得道之说，也正符合他们拥戴敬仰杨幺的心理。于是杨幺成了洞庭湖民众心中的水神杨泗菩萨，成了洞庭湖区土生土长而又影响广泛的洞庭湖水神。

孟姜女的传说在全国都很有影响，位于西洞庭湖的古澧州与山东、陕西、江苏成为孟姜女传说四大流传地域。作为洞庭湖版本孟姜女传说的代表，古澧州孟姜女传说在流传过程中与洞庭湖区湘妃传说结合在一起，植入了“望夫”和“绣竹”等故事情节，其与全国各地孟姜女传说最大的区别是受楚文化熏陶，深深地打上了巫楚文化的烙印。当地传说孟姜女跳台自尽后，上天成仙，再下凡来除暴安良，因而被当地人奉为驱鬼灭妖的“傩神”，受万民崇拜。在古澧州地区孟

《湘水神》雕塑

姜女故事传唱不衰，至今在澧县、津市一带还有传说实物遗存。湖区在南北朝开始即成为北方流民的迁徙目的地，因此，对于反抗暴政和追求自由幸福生活的孟姜女故事随之传入这一地区并深入人心，应该是顺理成章的。

洞庭湖区信仰类神祇还有很多。产生于常德丝瓜井，并在道教人物刘海蟾基础上演义出来的刘海戏金蟾、刘海砍樵故事，讲述了刘海和胡秀英的人神相恋故事。刘海是湖区的“董永”和“许仙”，胡秀英就是水乡的“七仙女”和“白素贞”，这是一出湖区版的《天仙配》和《白蛇传》。在湖区民众所信奉崇拜的“刘海”故事里，既没有苛责七仙女的天庭，也没有扼杀白娘子自由恋爱的法海和尚，最终因为狐仙对刘海的追求而成眷属良缘，充分肯定了贫寒子弟孝顺母亲、为人诚恳、勤实劳动的美德，也是作为传统农业社会的洞庭湖区价值观的体现。

二妃是外来女子，小龙女则是洞庭湖水乡的女儿，她们都是洞庭湖所接纳的可爱的鲜活的生命，虽然只是神话，却妇孺皆知，知名度超过许多真实的历史人物。这些神话人物也对湖湘文化产生了巨大影响，成为湖南省的非物质文化遗产。通过文人士大夫的提倡，其文化基因已传承给湖南女性，使她们敢于追求自己的幸福，追求理想中的爱情。“湘女”已成为湖南女性获得历史肯定的人文符号，屈原之后，建安文学的代表人物曹植开始用“南国有佳人，容华若桃李。朝游江北岸，夕宿潇湘沚”来描述湖南女子；曹雪芹在《石头记》里把一号女主角林黛玉的居所命名为“潇湘馆”，这是一种用湖南和洞庭湖的文化符号来正面肯定作者心目中那位冰清玉洁、美丽高贵的女子。现在人们广泛使用“辣妹子”“湘妹子”这样一种称谓，也是表达一份对湖南女性的认同与肯定。程砚秋京戏名作《锁麟囊》里的主

君山岛湘妃祠渊德侯堂娥皇、女英故事壁画

角薛湘灵，本为登州人氏，其取名与“湘娥”一样，都是湘君文化影响力之大的体现。

检索洞庭湖区所传唱的爱情故事，忠于丈夫的娥皇女英、反抗暴政的孟姜女、与人相恋的小龙女和狐仙胡秀英，都是鲜活可爱的女性形象，为湖区民众充分肯定、接纳和喜爱，有的还被当成偶像膜拜。她们受苦难的遭遇得到同情，她们追求爱情和幸福的权利得到肯定。这里没有性别歧视，没有人将她们视为妖精或者红颜祸水。而在中国的历史上，从妲己到褒姒，从杨玉环到慈禧，卫道士们已经习惯于将脏水泼到女性的脸上。中国的四大名著除开《红楼梦》，有谁对女性表示尊重乃至于同情？对比中原地区或者专制道德意识比较浓厚的地域，我们可以从这一类题材看出湖区民间观念和意识形态上的差异和包容精神。

屈子行吟

屈原与洞庭湖的结缘是因为流放。周赧王十九年（前296年），屈原被免去三闾大夫之职，放逐江南。他从郢都出发，先到鄂渚，然后入洞庭。周赧王二十年，屈原到达长沙，遍览楚先王始封之地山川形势。二十一年到三十六年，屈原第二次被流放到南方的荒僻地区。这次流放的路线，从《哀郢》记述来看，从郢都出发，进长江，先沿江水，后沿夏水，从夏口折回，溯江而上，试图重回郢都，但是没有成功，再顺江流而下，过城陵矶入洞庭，沿湘水南下，进汨罗江，并在此放弃了所有希望，沉江自尽。另外一首作品《涉江》，初期路线交代得不是很明确，也许屈原先由陆路沿云梦泽北缘向东，入汉水登船，到夏口，于鄂渚停留，再溯江而上，由城陵矶进入湘江和洞庭，再由湘江进入沅江，在枉渚停留，枉渚即今天的常德市区。由枉渚溯沅江而上，在辰水入沅处停留，再沿沅江上溯，最远到达溆水入沅之处的溆浦。“朝发枉渚兮，夕宿辰阳。苟余心其端直兮，虽僻远之何伤？”从现在的地图上看，距离有二百四五十公里，无法判断这个速度是屈原的夸张还是真实的描述。《涉江》还用很多文字描写了溆浦的情况：“入溆浦余儃回兮，迷不知吾所如。深林杳以冥冥兮，乃猿狖之所居。山峻高以蔽日兮，下幽晦以多雨。霰雪纷其无垠兮，云霏霏而承宇。哀吾生之无乐兮，幽独处乎山中。吾不能变心以从俗兮，固将愁苦而终穷。”一段描述屈原流放最具体而又有争议的文字，当属《渔父》，“屈原既放，游于江潭，行吟泽畔，颜色憔悴，形容枯槁。渔父见而问之曰：‘子非三闾大夫欤？何故至于斯？’屈原曰：‘举世皆浊我独清，众人皆醉我独醒。是以见放。’渔父曰：‘圣人不凝滞于物，而能与世推移。世人皆浊，何不淈其泥而扬其波？众人皆醉，何不餔其糟而歠其酾？何故深思高举，自令放为？’屈原曰：‘吾闻之：新沐者必弹冠，新浴者必振衣。安能以身之察察，受物之汶汶者乎？宁赴湘流，葬于江鱼之腹中，安能以皓皓之白，而蒙世俗之尘埃乎？’渔父莞尔而笑，鼓枻而去，乃歌曰：‘沧浪之水清兮，可以濯吾缨；沧浪之水浊兮，可以濯吾足。’遂去，不复与言。”无论是否为屈原所写，情形却最为生动，是艺术家创作屈子行吟图最好的素材。

屈原渡过长江南下，足迹遍及洞庭湖流域地区。他既留下了大量诗歌辞赋的文化成果，堪称中国文学史上的千古绝唱，又成就了一种伟大的精神人格，一直在影响、感染着后来千百年的文人士大夫。

屈原是湖湘流寓文化的奠基人，也是这一文化现象的杰出代表。所以，屈原所创造的精神文化深刻地影响着湖湘之地的士大夫群体，屈原亦成为后来流寓湖湘的士大夫的楷模。屈原对洞庭湖区文化的影响主要集中在精神层面，也是《岳阳楼记》最早的精神源泉。首先，是忧国忧民的爱国主义精神。从南宋朱子把屈原称为“忠君爱国”

暾将出兮（虢筱非作）

者以后，后世基本上都把屈原作为爱国者加以赞美，并积极学习。其次，是求索精神和忧患意识。屈原关心民瘼，是一位不妥协的勇士，是一个敢于追求真理和光明、勇于探索的斗士。如果把范仲淹看成洞庭湖区文化的总结者，屈原无疑就是洞庭湖区文化的开创者，他奠定了洞庭湖区文化的整体气质和主要内容，那就是国家至上的爱国情怀，忠君忧民的崇高品质，坚持真理、宁折不弯的奋斗精神。

屈原志存高远，心系国家，襄理朝政，竭力勤勉。他主张对内变法图强、对外联齐抗秦，一度使楚国富足强盛，实力雄厚，威震诸侯。他“明于治乱，娴于辞令”，“接遇宾客，应对诸侯”，对内对外都是一把好手。但他并非总是春风得意，他遭遇到了一个强劲的来自外部却深潜楚国王室的政治对手——秦相张仪。张仪十分清楚屈原是楚国唯一使他感到威胁的对手，他收买靳尚，蒙骗楚王，谗害屈原，心机算尽。屈原清醒地认识到楚国真正的敌手是强秦，“横则秦帝，纵则楚王”，不是楚吃秦，就是为秦所吃。但屈原失在忽视了小人的力量。两人较量的最终结果是，正不敌邪，屈原惨败。楚秦之战实质上是屈、张之争，屈死而楚灭，张狂而秦胜。尽管如此，屈原至死也没有放弃对国家的责任和对使命的担当。中国“大一统”的思想并非始于秦始皇，春秋战国诸侯之间的征战其实都是统一战争，是诸多帝国梦的灰飞烟灭与推倒重来。屈原的政治见识使他看到了战争的性质，知道战争的赢输决定着国家的存亡，而不仅仅是一城一池的得失，因此他的忧虑远比一般人要深沉、痛切得多。国之将亡，已无暇计较个人恩怨，为了维护国家利益，他不惜牺牲个人前途直至自己的生命。一切幻灭之后，他拼将生命全部能量，以身许国。这种为国尽忠的信念，构成屈原精神的主体，渐渐凝成洞庭湖区文化、湖湘文化乃至中华民族传统精神的核心价值观。

“居庙堂之高则忧其民，处江湖之远则忧其君”，范仲淹这句话说的正是屈原。屈原身居庙堂而心忧天下，身居荒野却顾盼楚怀王。他对怀王曾有深厚感情，一度几乎寄予了他所有的政治理想和事业追求；而又怒其不争、怨其不察、恨其不用、哀其不幸，悲叹昏聩之君误国、蛊惑之佞亡国，可谓爱恨交织。即使屡遭离间、屡受陷害而被疏远、流放，他仍然一步三回头，期盼君王的幡然醒悟和召唤。在“楚才晋用”的时代，屈原有足够的理由选择离开，像春秋时期的孔子一样周游列国，开辟自己的政治试验田，传大道，宣扬自己的政治和道德主张。但屈原宁死也不愿意离开楚国一步，即使对昏聩的顷襄王，屈原也同样抱有过幻想，浪迹荒野之时仍以诗赋寄情，提醒朝廷。屈原的忠君情结和爱民情怀并存，因为对民生有更多的体恤，故在忠君与爱民的矛盾中备受煎熬。他“长太息以掩涕兮，哀民生之多艰”，以民为本，敬天法祖，体恤苍生，为民请命，对百姓充满深深的同情和哀怜。屈原身为宗室重臣，却站在劳苦民众一边，反对世卿世禄、限制贵族特权，明知这样必定会触犯贵族集团的利益，但他“岂余身之惮殃兮，恐皇舆之败绩”，对民众、对王权的忠诚可昭日月。2 000多年来，屈原这种忧国忧君忧民的情怀一直深深地影响着中国传统知识分子。

屈原支持过许多国计民生大事，对政治、社会、文化、外交等领域有着自己的想法，他的倡导法制、鼎新革故、推进民主、选贤用能等改革思想，对于建立一个强大的楚国无疑是很有价值的。譬如他提出“举贤而授能兮，循绳墨而不颇”，以奴隶傅说、屠夫吕望、商贩宁戚成才的故事为例，说明不拘一格选用人才的重要性。坚持真理也需要勇气，屈原对“世溷浊而不分兮，好蔽美而嫉妒”“世溷浊而嫉贤兮，好蔽美而称恶”的世俗污秽深恶痛绝，敢于剑挑楚国政治的失误、吏治的腐败、贵族阶层的贪婪，甚至胆敢指责楚怀王、抨击顷襄王，寒光闪闪，锐气逼人。坚持真理更需要百折不挠的毅力，屈原的远大抱负和政治理念一旦确定，便坚贞不改、矢志不渝，“虽九死其犹未悔”。即使在遭贬放逐的路上，仍以“路漫漫其修远兮，吾将上下而求索”来自励，像一个战士，义无反顾。屈原的耿耿正气，感染着一代又一代为真理而斗争的勇士。

从汨罗江到洞庭湖，从屈子祠到岳阳楼，从屈原到范仲淹，洞庭湖区的文化精神，至少在爱国忧民、改革创新、正直清廉、不平直谏、求索、开拓、锲而不舍、浪漫、清高超迈等方面可以梳理出传承的轨迹和脉络。

贾谊是第一位流寓湖湘、诠释屈原并具有与屈原类似精神气质的人。他年少因才华出众而闻名，并很早就被汉文帝召为博士并受到朝廷重用，特别是他在政治上的卓识很为文帝欣赏。但是，他又因才华、卓识及为文帝赏识而受到群臣的嫉恨，故而最终被排挤出权力核心，流放到远离京师的蛮荒之地，担任长沙王太傅。他在南下长沙时经过屈原投江的汨罗，因与屈原一致的身份、命运而与其内在人格互感。贾谊与屈原一样，有着杰出的政治睿智、思想洞见、文学才华，同时也因此而受到权臣的排挤和打压，最终由“达”而转入“穷”的人生境遇，他们同样又来到蛮荒的洞庭湖之南，贾谊写下《吊屈原赋》，通过对屈原的凭吊，对屈原的人格精神特质做出有创造性意义的诠释，从而奠定了屈原作为湖湘流寓文化代表人物的形象，开始了关于屈原人格精神建构的过程。贾谊的《吊屈原赋》对屈原人格精神的赞颂，是一种通过对历史人物的诠释而实现的文化人格建构。他认为屈原是一个完美、标准的君子，具有高尚的道德品性与卓越的经世才华，而这样的士君子仍然会由政治显达转为流离途穷，流放到偏远

屈子祠

的蛮荒之地。他所诠释的屈原就是在穷困之境而彰显人格精神特质的士君子，是一位将“忠贞正道”与“任性孤行”的精神融为一体的典范人格，既有道德理念的完美与坚守，又有任性执着的孤傲与张狂，而这两种特质是水乳交融地合为一体的。贾谊在屈原身上找到了这种将“忠贞正道”与“任性孤行”的精神融为一体的人格精神，既发现了屈原的人格潜质，又体现出贾谊的文化诠释。司马迁写《史记》时，将屈原与贾谊合传。

屈原的人格精神鼓舞、激励着无数处于困穷、逆境的士大夫，而流放于洞庭湖区、湖湘之地的贬官有着更为切近的感受。所以，自西汉以后，以贾谊、刘禹锡为代表的流放、寓居湖区的士大夫们，纷纷以屈原的人格为典范，并积极参与屈原人格精神内涵的建构。这种文化交流、影响，具有重要的区域文化意义。本来，屈原的人格特质及其楚辞作品，就体现出北方的中原文化与南方的楚蛮文化交融的特色。一方面，从屈原的道德理念、政治思想及其相关的圣人理想来说，无疑是属于中原文化；另一方面，就屈原的个性气质、宗教观念、艺术感悟来说，又分明属于南方文化。近代学术界均认为屈原的精神人格及屈原作品是南北两种文化融合的结果。从汉魏到唐宋之际，那些流放、寓居洞庭湖区的士大夫大多是中原地区的儒家信徒，他们本来就深受儒家道德理念、政治思想、圣贤人格的深刻影响，故而能够对屈原的人格产生如斯仰慕、敬仰的心情。但是，由于他们都经历了由显达到困穷的人生经历，并被从权力核心中排挤出来，流落到蛮荒、僻远的洞庭湖流域地区，他们受到新的寓居地的山川形胜、风土人情、水乡文化习俗的种种感染，所以，他们对屈原的精神气质中的那种狂放、刚烈、偏执的人格特质有更多同情性的理解与欣赏，并且在耳濡目染中受到影响。从贾谊、刘禹锡等对屈原的血性人格的

楚园

赞赏就可以说明这一点。

两汉以来，屈原的人格精神一直影响着命运多舛、穷达多变的士大夫的精神气质，这种影响具有地域文化的意义。对两汉以后那些流放、寓居于湖区的士大夫而言，洞庭湖的自然环境、巫习楚风的文化习俗、楚辞汉赋的忧怨情怀，都能够引发他们创造出具有湖湘地域特色的文化作品，而屈原的人格精神更是给了他们深刻的影响，那些流落、寓居湖区的士大夫，往往能够更加深切地领悟屈原的内心世界，能产生同构的精神气质。历史上，往往是那些曾流寓湖区的士大夫，能够对屈原的怨怼、投江等不合中道的行为给以更多同情性的理解。所以，尽管贾谊、司马迁、刘禹锡等均是中原人士，但是他们寓居、流离湖区的生活经历，对他们形成独特的精神气质及相关的湖区流寓文化产生了影响。屈原在塑造湖湘大地的士大夫人格方面发挥了重要作用，对他们形成忧国忧民、忠贞不贰、坚守道义的精神气质影响尤大，特别是成为穷达多变的贬官迁客的隔代知己。

隐逸文化和陶渊明的理想国

洞庭湖区文化具有包容性和多元性。如果只有爱国主义的主旋律，则可能被人误解为仅唱高调。其实不然，它既不排斥浪漫色彩的爱情和世俗的喜怒哀乐，也不拒绝道家的亲近自然、返璞归真。从《沧浪歌》到《桃花源记》，可以看出一种有别于正统儒家文化的湖域水乡多元文化特色。洞庭湖的人文既是中国传统文化的堡垒，又是其他民间文化和流派的精神乐园。从战国末期屈原被放逐到沅湘与当地渔父的对话，可以看出其价值取向的差异。

屈原实际上没能说服渔父。现实生活中，也没有屈原的立足之地，这位伟大的爱国者最后只能“宁赴湘流”。渔父的世界观就是“不凝滞于物，而能与世推移”，追求的是一种心灵与世事的和谐，个人与自然、社会的统一，以融入自然为宗旨，爱惜生命高于一切。为了保全生命，会调整个体行为，遇事不硬拗，甚至于委曲求全，随波逐流。他们认为保全生命的最佳办法就是顺其自然，把个体投入、融合到无限的大自然中去。

常德位于洞庭湖平原西部，在渔父之前，这里便有隐逸文化的传统。《庄子·让王》："舜以天下让善卷，善卷曰：'予立于宇宙之中，冬日衣皮毛，夏日衣葛絺。春耕种，形足以劳动；秋收敛，身足以休食。日出而作，日入而息，逍遥于天地之间而心意自得。吾何以天下为哉。悲夫，子之不知余也。'遂不受。于是去而入深山，莫知其处。"世传他归隐枉山，易名"德山"。《善卷祠记》留有"德山苍苍，德流汤汤，先生之名，善德积彰"之语，"常德德山山有德"的美誉也由此而来。

晋代，陶渊明作《桃花源记》并诗，向中国人描述了一个景色优美、土地肥沃、资源丰富、民风淳朴的世外桃源，那里没有压迫、没有战乱，和平安宁、自给自足、与世隔绝、怡然自乐。"不知有汉，无论魏晋"。桃花源到底在哪里，自《桃花源记》产生后1 600余年一直争论不休。历史学家陈寅恪认为：在纪实上，《桃花源记》是魏晋南北朝坞堡的反映；在寓意上，《桃花源记》是陶渊明思想的反映。陈寅恪在《〈桃花源记〉旁证》中指出："陶渊明《桃花源记》寓意之文，亦纪实之文也"，"桃花源虽本在北方之弘农或上洛，但以牵连混合刘驎之入衡山采药事之故，不得不移之于南方之武陵"。陶渊明在虚构一个他个人心目中的理想社会、一个与现实社会绝然相隔离的乐土，在现实生活中肯定是不存在的。但此世外桃源在陶渊明心目中却有原型。他的祖辈在洞庭湖区即洞庭湖流域西北部的常德生活、工作多年。《桃花源记》和诗中描绘的光景与屈原笔下的渔父的世界观有惊人的吻合。陶渊明并不赞同屈原的人生态度，反而认同渔父的世界观，主张与世无争而亲近自然。其不为五斗米折腰、辞官归隐田园本身就是晋代乱世中的渔父形象。

桃花源景区一角

湖南人把洞庭湖西部水域的桃花源，当成陶渊明理想中的乐园进行建设并不始于当下，而是有上千年的历史。这个漫长的历史过程是全国若干个争夺桃花源冠名权的其他地方所没有的。晋太康元年（280年）至东晋元熙元年（419年），桃源山上已建有道观，名“桃源观”，与陶渊明同时代。这里群山环抱，松竹葱茏，层峦叠翠，秀色可餐，是避暑驱寒的胜地。历代名人骚客、羽士高僧游此，无不为这“桃源佳致”所陶醉而赞叹不已。唐高祖武德年间，桃花山重建道观，唐昭宗时毁于兵燹。宋太祖乾德元年（963年），转运使张咏根据朝廷析武陵县之政令，在实地考察之后，建议置桃源县。其理由是：当地有一风景秀丽、道观雄伟的胜地，因东晋大诗人陶渊明所作《桃花源记》传颂于世而得名“桃花源”。这是政府在行政区划命名上对于地方发掘人文历史资源的一种肯定，已为后来历届政府所沿用。桃源县是国务院唯一备案认可的“桃花源国家级风景名胜区”。

桃源县在桃花源名胜建设上代有兴废，屡毁屡建，未曾断章。宋徽宗政和元年（1111年），依桃源山势建梵寺，分上、中、下三宫。次年，钦赐“桃川万寿宫”宫名，形成颇具规模的建筑群，至元惠宗时毁于战乱。明清两代，桃花源的建筑移至桃花山，以秦人洞侧之大士阁（今桃花观）为主体，时兴时废。清光绪年间，知县余良栋任内沿桃花山重修渊明祠，按陶渊明诗文命名，配置亭阁，至民国末年衰败。中华人民共和国成立后，人民政府重视其重建和保护。1959年，湖南省人民委员会（即湖南省人民政府）公布桃花源为湖南省重点文物保护单位，1963年，建立国营桃花源林场，负责桃花源林业资源的管理和保护。1964年，成立桃花源文物管理所，具体负责桃花源的文物管理与保护。在1963—1988年间，先后完成菊圃、碑廊、水源亭、遇仙桥、高举阁等10多个建筑项目的修复和新建工程，总建筑面积达

1 884平方米。1988年，湖南省政府公布桃花源为全省十大风景名胜区之一。1992年，桃花源被国家林业部批准为国家森林公园。1995年，国家主席江泽民视察桃花源并题字。2001年，桃花源获批为国家AAAA级景区。2019年中国旅游产业发展大会，桃花源与北京故宫、西藏布达拉宫、敦煌莫高窟等共同荣膺2018中国旅游影响力十大文化景区。迄至今日，桃花源风景名胜区总面积157.55平方千米，其中世外桃源主体景区15.8平方千米，武陵人捕鱼为业的沅水风光带水域44.48平方千米。外围保护区96.9平方千米。桃花源风景名胜区分桃花山、桃源山、桃仙岭、秦人村4个景区，其中桃花山、秦人村为桃花源的中心，有桃花源跨国道大牌坊、渊明园、桃花湖、刘禹锡草堂、咏归亭、花影亭、双星亭、五柳湖、水府阁、问津亭、黄闻山庄、豁然台、秦人居、竹廊、公议堂、奉先祠、延至馆、自乐桥、奇踪馆、傩坛、桃川万寿宫（上宫）、天宁碑院、悠然圆、八仙亭、秦城、玄亭、渊明祠、集贤祠等100余处景点。

陶渊明不为五斗米折腰，归隐而成为田园诗的鼻祖，“苟全性命于乱世，不求闻达于诸侯”。千百年来，李白、刘禹锡、苏轼等人仰慕和追随陶渊明，都在此留下了许多珍贵的诗文和墨迹。洞庭湖西部的水乡泽国成为他们共同的精神家园。从渔父的沧浪之水到陶渊明的桃花源，正是烟波浩渺的洞庭湖水为湖湘文化打造了一个多元文化共存的空间。

为什么这样说呢？可以用湖区相关事迹来论证。生活在这里的常德人，在湖南被称为“德语系”，还有古澧水下游的华容县，被戏称为“东德”，他们都操类似北方语系西南官话语音。因为常德人随缘包容，会办事、会做官，又有“无德不成厅”的说法。常德人多灵气，个个精明，具有商业头脑，精明中显得礼性，狡猾中含有诚信。

渊明祠

桃花源景区小景

陶渊明故居

遇到麻烦也总是会想办法，多动脑筋，不会一味地去蛮干。又比如岳飞和杨么的民间传说，在洞庭湖区，没有人因为岳飞是抗金英雄而贬低杨么这位农民领袖，也没有人因为杨么是官逼民反的本地人而否认官军统帅岳飞。从湖区遍布的关于那一段历史的地名，到民间口传的语言民俗故事，都非常客观公允。这种民间历史观、这种空间和社会现实的土壤在中原地区正统文化占绝对主导地位的环境下根本无法想象，湖南地区非正宗色彩的文化基因，造就了洞庭湖区多元文化共生。

“得失不复知，是非安能觉？千秋万岁后，谁知荣与辱。”隐逸诗人中，陶渊明是最出色的，他过着隐士的生活，又用文字将隐士的生活呈现出来，赋予隐逸生活一种审美。

从“人生归有道，衣食固其端”，到“采菊东篱下，悠然见南山”，陶渊明的隐逸哲思带着生活原始气息，经历生活和心灵的酿造。陶渊明向往的人与自然相处的最佳方式，便是这种带有田园意味的、人与万物和谐相处的审美生活方式。陶渊明用自己六十三载人生的认真实践和一百多篇作品的真诚书写，为我们留下了一道永远秀丽的风景线，一如桃花源一般具有永恒的文化、艺术魅力。

诗文洞庭

唐人咏洞庭

很多人是从唐诗中知道洞庭湖的。

在唐代，关于洞庭湖的诗文创作达到一个高峰。这时的洞庭诗文题材丰富，情感饱满，艺术完美，地域文学意蕴浓郁，在历代洞庭文学中成就最大。

唐人开启了对洞庭湖特有风光的描写。“洞庭九州间，厥大谁与让。南汇群崖水，北注何奔放。潴为七百里，吞纳各殊状。自古澄不清，环混无归向。”波澜壮阔的阳刚美，是洞庭诗文的主要描写对象，名句“气蒸云梦泽，波撼岳阳城”和“吴楚东南坼，乾坤日夜浮”，把洞庭湖的浑涵阔大、气象万千，准确生动地表现出来，显示了洞庭湖的勃勃生机和巨大的力量。站在岳阳楼上感受洞庭湖大气阳刚之美的诗句有李白的“楼观岳阳尽，川迥洞庭开”，刘禹锡的

洞庭惊鸿

“怒激鼓铿訇，蹙成山岿硊”，崔珏的“楼上北风斜卷席，湖中西日倒衔山”。这些诗歌，或写洞庭湖之雄壮开阔，或写洞庭波之怒张震荡，尽显“雄浑”“劲健”“豪放”之风格。描写洞庭湖风平浪静时情状的诗句有“忽惊水上光华满，疑是乘舟到日边”和“回飙吹散五峰雪，往往飞花落洞庭”，钱起的“君山寒树绿，曾过洞庭湖”，雍陶的“风波不动影沉沉，翠色全微碧色深”，李群玉的“汗漫铺澄碧，朦胧吐玉盘”，洞庭湖阴柔含蓄之美在这些诗句中得到了很好的表现。

文人游览洞庭，或登高纵目，或湖上泛舟，首先映入眼帘的总是广阔无垠的浩渺烟波。因此，无论是春和景明，夏雨霏微，还是雁送秋声，雪添冬渚，都展示着洞庭湖的四季美景。代表诗文有：“日长风暖柳青青，北雁归飞入窅冥。岳阳城上闻吹笛，能使春心满洞庭。”最早咏唱岳阳端阳龙舟竞渡的诗，为张说《岳州观竞渡》：“画作飞凫艇，双双竞拂流。炫装山色变，急棹水华浮。土尚三闾俗，江传二女游。齐歌迎孟姥，独舞送阳侯。鼓发南湖溠，标争西驿楼。并驱恒诧速，非畏日光遒。”划龙舟纪念屈原，是湖上重要民俗活动和典型景观。该诗既写了比赛的形式，激烈竞争的场面，又写了竞渡的由来，还具体写到了出发的起点和终点。寥寥六十字，便勾勒出一幅“洞庭竞渡”的图画。

洞庭湖诗文中，以爱国忧患意识为题材，最著名的是杜甫的《登岳阳楼》。大历三年（768年）冬，杜甫从公安到了岳阳：“昔闻洞庭水，今上岳阳楼。吴楚东南坼，乾坤日夜浮。亲朋无一字，老病有孤舟。戎马关山北，凭轩涕泗流。”此诗不仅描绘出了洞庭湖浩瀚汪洋的气势，同时也抒发了诗人触景伤情所感受到的凄凉孤寂。更难能可贵的是，诗人在如此贫困潦倒之时还在关注着时局的发展和国家的

赛龙舟（刘亦工摄）

前途与命运。另外，在古代社会，忠君与爱国几乎是同一概念。在有关洞庭湖的许多诗篇中，许多诗人的爱国之情就是通过忠君表达出来的。贾至的就是这样：“极浦三春草，高楼万里心。楚山晴霭碧，湘水暮流深。忽与朝中旧，同为泽畔吟。停杯试北望，还欲泪沾襟。”李商隐的《岳阳楼》：“欲为平生一散愁，洞庭湖上岳阳楼。可怜万里堪乘兴，枉是蛟龙解覆舟”，有对当权统治者的委婉规讽。

唐代的洞庭诗文重视意象的运用，形成了独具地域特色的群体意象。唐人笔下的洞庭，其实是“水”“波”并举，但多“烟波”“秋波”“微波”“波起”“波涛”“凉波”“波冷”“沧波”等意象。“波”意象与洞庭的浩渺，形成凄迷、动荡、漂泊、沧桑感，“西风吹老洞庭波，一夜湘君白发多。醉后不知天在水，满船清梦压星河”。唐代洞庭湖诗文中有不少咏吟佳句，如刘禹锡：“湖光秋月两相和，潭面无风镜未磨。”“洞庭秋月生湖心，层波万顷如熔金。孤轮徐转光不定，游气濛濛隔寒镜。”罗隐：“洞庭霜落水云秋，又泛轻涟任去留。世界高谈今已得，宦途清遗旧曾游。手中彩笔夸题凤，天上泥封奖狎鸥。更见南来钓翁说，醉吟还上木兰舟。”刘长卿：“泛泛江上鸥，毛衣皓如雪。朝飞潇湘水，夜宿洞庭月。归客正夷犹，爱此沧江闲白鸥。”“洞庭秋”“洞庭霜”“洞庭月”都不再只是简单的自然景物，已构成了诗歌意象，承载着文人特殊的情感。

洞庭湖是候鸟的重要栖息地和迁徙的补给站。古人相信衡山是北雁南飞的终点。唐人咏洞庭之雁，不再局限于前人“鸿雁传书”“旅雁”“归雁”等意象，而是增加了新的含义，有“孤鸿”“凉雁”“嗷嗷之雁”“宿雁”等语，雁寄托着思乡、怀京、贬谪、伤离、念友之情，雁的周边意象是“秋风”“落叶”“孤城”“扁舟”“苦雨”“猿啼”等。

湖边（张小纲作）

唐人咏洞庭，密集使用的意象仍是木叶、鸿雁、秋波和明月，但意蕴比魏晋南北朝时要丰厚。“木叶辞洞庭，纷纷落无数”，是在大唐盛世土崩瓦解时追忆往昔，多了冷落萧瑟的韵味，增添了时代巨变、个人际遇在诗人心灵中的映射。“洞庭一叶惊秋早，濩落空嗟滞江岛”，“千树又黄叶，几人新白头”，是睹木叶而思谪情、怀旧友、怅流离，种种愁苦伤悲，与萧萧木叶一起飘落于洞庭沧波之中。

唐代士子每遭坎坷，尤其是忠而见疏、怀才不遇者，到洞庭多吟屈子、贾傅，如：“灵均如可问，一为哭清湘”“贾生憔悴说不得，茫茫烟霭堆湖心”。屈子的千古沉魂流落湘水，怨气在洞庭漾成微波，在落日的潇湘之上，在绿草斜烟的洞庭，在幽远的笛声里，凄凉地吟唱着《九歌》，“纪楚地，名楚物”。

唐代洞庭湖诗歌继承了屈原作品中人神交织这一特点。李绅：“屈原死处潇湘阴，沧浪淼淼云沉沉。蛟龙长怒虎长啸，山木翛翛波浪深。烟横日落惊鸿起，山映余霞杳千里。鸿叫离离入暮天，霞消漠漠深云水。水灵江暗扬波涛，鼋鼍动荡风骚骚。”“潇湘岛浦无人居，风惊水暗惟鲛鱼。行来击棹独长叹，问尔精魄何所如。”“蛟龙”“怒虎”“惊鸿”“水灵”“鼋鼍”“鲛鱼”似乎都具有了灵性。洞庭湖诗文中还记录了一些屈原沉江之后逐渐形成的特有的民俗。唐时，不仅有纪念屈原的端午节，而且相传“竞渡”也是为纪念屈原而举行的。在唐诗中，张说的《岳州观竞渡》和李群玉的《竞渡时在湖外偶为成章》是关于岳州竞渡的，唐时“竞渡”的实况在这两首诗中被完整地复现出来了。另外，还有一些与屈原有关的楚俗也在屈子诗中得到纪录，如司空曙《迎神》《送神》诗，这种迎神、送神之俗如今在湘阴、汨罗一带仍广泛流传。

唐人诗歌痴迷于湘妃题材，名句有李白的“淡扫明湖开玉镜，丹青画出是君山”，高骈的“当时珠泪垂多少，直到如今竹尚斑”，贾至的“乘兴轻舟无近远，白云明月吊湘娥”等。这些诗句中，诗人对湘妃故事做了一番怀古的渲染，突出了舜帝南巡而死，湘妃幽怨而亡的爱情悲剧；在描画山水的自然美景时使用湘妃故事的典故，为诗歌增添人文因素。这种诗歌是洞庭湖文学创作的主流。

唐代洞庭文学创作最大限度地用空灵凄怨的洞庭仙乐来渲染帝子悲剧，使用意象扩展到巴山巫峡、高唐神女、琴曲、琵琶、竹枝、鸳鸯、鹧鸪等。钱起、顾况、李贺等可为代表。唐诗里，洞庭乐声，潇湘神曲，其情感是极哀怨凄苦的，弥漫着浓郁浪漫的楚语湘情。

除了诗歌，洞庭湖文化也体现在唐代传奇小说中。唐传奇中的洞庭湖神话，以《柳毅传》为代表。这是一则人神联姻的故事，在唐代和后世产生了很深远的影响，也引起了许多文人的兴趣和重视。后代改编柳毅故事的戏曲极多，如元杂剧尚仲贤《洞庭湖柳毅传书》、明传奇许自昌《桔浦记》、清传奇李渔《屋中楼》等。后人还在君山附会出柳毅井、传书亭等遗迹。

唐人咏洞庭时，总的情感基调是忧愁凄怨。一、写贬谪之苦。不少被贬湖湘的诗人骚客，他们不仅为江湖美景所陶醉感动，往往也触景生情。如韩愈借描写洞庭湖之波涛汹涌，发泄内心郁积的苦痛：“洞庭连天九疑高，蛟龙出没猩鼯号。”刘禹锡被贬朗州，写有：“屈平祠下沅江水，月照寒波白烟起。”二、写羁旅行役之苦。洞庭是贯通南北东西的重要水道，唐人或漫游，或贬谪，或返乡，在此留下了很多羁旅行役诗，以张继《重经巴丘》、郎士元《夜泊湘江》为典型，抒发浮生若梦、寂寞心碎的悲伤。三、写怀友赠答之情。这是咏洞庭诗的一个大宗，或寄干谒之望，或叙相惜之怀，或悼念亡友，或感伤别离。四、记游或作咏史怀古之叹。此类诗作也非常多，士子

君山岛上《丹青画出是君山》石刻

传书亭

悼湘妃，吊屈原，伤贾谊，如李群玉《湖中古愁三首》。五、写思乡之愁。主要有湘籍诗人周贺、齐己、李群玉，他们忆念洞庭的秋波、木叶和明月，借此抒发思乡之情。六、写对社会苦难之忧。例如元稹《鹿角镇》写到洞庭湖水泛滥，百姓伤亡惨重。到了晚唐，洞庭湖地区也燃起了烽火，满目疮痍。裴说《岳阳兵火后题僧舍》等多首诗篇，抒发了作者的乱世之悲。唐代的迁客骚人每经洞庭，远眺一望无垠、烟波浩渺的湖面，或驾一叶扁舟于湖上，自然联想起无数悲剧性的神话和传说故事，时空的广阔无限和个人的渺小，自然的永恒和人生的无常，所有的凄迷、动荡、漂泊、沧桑之感，都在瞬间汇聚到个人身上，勾惹起各种愁苦的咏叹，由此出现众多诗歌，也是必然。

天下文章出洞庭

曾经有人在世界各地的华人中做过“最喜欢的文章”和“最喜欢的名言警句”问卷调查，得票最高的是《岳阳楼记》和“先天下之忧而忧，后天下之乐而乐”。900多年前的范仲淹在烟波浩渺的洞庭湖上搭建了联通全球华人精神世界的一道桥梁。

范仲淹是两宋第一流的人物，可称古今之完人。他曾以文臣领兵，在延州戍边，西夏人认为他“腹中有数万甲兵”而称之为“小范老子”。“羌管悠悠霜满地。人不寐，将军白发征夫泪”，就是他描写战争带给人民灾难的名句。庆历新政失败后，范仲淹被贬，沦落沉浮于宦海，他在晚年倍受政治对手打击，官场失意但始终没有消沉。庆历六年（1046年），他的好友岳州知州滕宗谅请他为重修岳阳楼写一篇文章。当时，范仲淹57岁。范仲淹与滕宗谅同为宋真宗大中祥

《八百里洞庭全图》（局部）（邓辉楚作）

符八年（1015年）进士，又曾同事于泰州，二人往来密切。在泰州期间，范仲淹作有五言诗《书海陵滕从事文会堂》，其中有两句是：“君子不独乐，我朋来远方。”结合了孔子所言“有朋自远方来”和孟子的“独乐乐不如众乐乐”，是《岳阳楼记》中“后天下之乐而乐”的先声。

文章是思想的载体。《岳阳楼记》不是单纯地描写洞庭湖的四时之景，而是将自然界的晦明变化、风雨阴晴和“迁客骚人”的“览物之情”结合起来，将全文的重心放在阐发儒家士大夫应有的人生修养和追求上，提升了文章的境界。

中国的传统文化以儒家文化为主体，儒家主张积极用世，强调通过自身努力来改变现实世界。但改变现实，从来就不是容易之事。一般人心随境转，因此喜悲无常：“若夫霪雨霏霏，连月不开，阴风怒号，浊浪排空，日星隐曜，山岳潜形，商旅不行，樯倾楫摧，薄暮冥冥，虎啸猿啼。登斯楼也，则有去国怀乡，忧谗畏讥，满目萧然，感极而悲者矣。至若春和景明，波澜不惊，上下天光，一碧万顷，沙鸥翔集，锦鳞游泳，岸芷汀兰，郁郁青青。而或长烟一空，皓月千里，浮光跃金，静影沉璧，渔歌互答，此乐何极！登斯楼也，则有心旷神怡，宠辱偕忘，把酒临风，其喜洋洋者矣。”他们的喜乐和忧愁，都源于自身境遇的优劣。

而范仲淹心目中的“古仁人”，却不是如此。《岳阳楼记》的主题体现在最后一段文字：“嗟夫！予尝求古仁人之心，或异二者之为。何哉？不以物喜，不以己悲。居庙堂之高，则忧其民；处江湖之远，则忧其君。是进亦忧，退亦忧。然则何时而乐耶？其必曰‘先天下之忧而忧，后天下之乐而乐乎’欤！噫！微斯人，吾谁与归？”

忧君忧民，“不以物喜，不以己悲”，是儒家士大夫的理想人生

岳阳楼碑廊《岳阳楼记》

境界。他们应物我两忘，不以他人毁誉、个人成败为念，不患得患失。“不以物喜，不以己悲”是讲人格修为，怎样做人，“先忧后乐”是讲政治，怎样从政为官。前者是讲人生观，后者是讲政治观。正因为范仲淹讲出了这两个千百年来被中国人普遍接受认同的人生和政治的基本道理，才使《岳阳楼记》成为不朽。

范仲淹对政治文明的贡献，主要体现在一个“忧”字上。“居庙堂之高，则忧其民”，就是说，当官千万不要忘了百姓，官位越高，越要注意这一点。“处江湖之远，则忧其君”，它扬弃了“穷则独善其身”，即使不在其位，身在乡鄙，也关注国家的大事。在这里，我们不由得想起了屈原。屈原被贬谪时，也在“忧君”，忧君既是担忧国君个人，也是担忧国君所代表的国事。忠臣忧君不媚君，总是想着怎么劝君谏君，抑其私心而扬其公责，把国家治好。奸臣媚君不忧国，总在琢磨怎么满足君的私欲，把他拍得舒服一些。忠言逆耳，人天性是喜欢听好话的，因而奸臣往往得势，也能得到个人的好处。而忠臣的行为，则可能招来杀身之祸。屈原虽然明白这个道理，但不愿意改其初衷，因此命运多艰。范仲淹的“忧君”，主要体现在敢说真话，犯颜直谏。用范仲淹自己的话说：“士不死不为忠，言不逆不为谏。”直辞正色，面争廷对，敢与天子争是非。如果说范仲淹第一次遭贬，是性格使然，还有几分书生气，那第二次遭贬，却是他更自觉地心忧君王，心忧国事。范仲淹这种犯颜直谏的政治美德，价值是超越地域和时代的，是一种我们应该继承的政治文明。要感谢北宋这个时代，不杀言官、与士大夫共天下的基本国策保护了像范仲淹这一类知识分子，使他们没有重蹈前贤屈原的悲剧。

前贤屈原可以“处江湖之远，则忧其君”，但似乎没有想过“先天下之忧而忧，后天下之乐而乐”。从屈原到范仲淹，发生了什么转变呢？我们知道，屈原所在的楚国在战国时代还是贵族执政，贵族效忠于国君和自己的家族，并不对平民负责。屈原是楚国的贵族，家世显赫，虽然也体恤小民，但他关注的重点始终是上层政局。而历史发展到北宋，情况已经不同，中国进入了平民社会。有学者认为，宋代“士”从“民”来，而且人数激增。“民”变成“士”的关键在科举考试，而宋代制度则是重新创建的，与唐代科举仍受门第的控制不同。宋代朝廷对进士又特别尊重，故有“焚香礼进士”之说。“民”成“进士”之后自然会发展出对国家的认同感和责任感。这是宋代出现“士以天下为己任”意识的主要原因。换句话说，他们已自认为是政治主体，不仅是文化主体或道德主体而已。“先天下之忧而忧，后天下之乐而乐”，就是这种政治文化的产物。

《岳阳楼记》写成之后，马上被广泛传诵，成为千古名篇。南宋林之奇《观澜文集》，吕祖谦《宋文鉴》，清代吴楚材、吴调侯《古文观止》，曾国藩《经史百家杂钞》以及其他大量选编而成的文集，都将《岳阳楼记》收入。新中国成立后，它还是中学语文教科书中的经典保留篇目。宋朝以后的文人士大夫乃至一般读书人，几乎没有不被它影响的，在他们的文章之中，传承着《岳阳楼记》的基因。在这个意义上，可以说“天下文章出洞庭”。

一座岳阳楼 每个人心中都有

公元215年，东汉建安二十年，那是“大江东去，浪淘尽，千古风流人物”的时代。相传大将鲁肃驻守巴陵，督水师纵横于洞庭浩渺烟波之上，遂在洞庭湖边修建阅军楼，此岳阳楼之前身。西晋时期，称鲁肃阅军楼为“巴陵城楼”，东晋时该楼被毁。南朝宋元嘉三年（426年），重修巴陵城楼，楼由军事设施转变为观赏楼；同年，诗人颜延之路经巴陵，作诗《始安郡还都与张湘州登巴陵城楼作》。唐贞观年间（627—649年），重修岳阳古城楼（巴陵城楼），使楼阁初具规模。公元716年，唐开元四年，中书令张说谪守岳州时再加扩建，取名南楼，又名岳阳城楼。至李白赋诗《与夏十二登岳阳楼》，定名岳阳楼。

1 800年来，岳阳楼遭受过火灾、兵燹、雷击、水患、蚁害，倾圮30余次而屡屡重修。在范仲淹写下《岳阳楼记》后32年，岳阳楼又一次毁于火灾。现在的岳阳楼，是沿袭清光绪六年（1880年）重建时的形制与格局，“增其旧制”而成。

经过历代的修缮、改建，岳阳楼景区形成一组以古城墙为基础，以岳阳楼为中心的园林建筑群。楼前的仙梅亭、三醉亭及楼后东北侧的小乔墓、东南侧的鲁肃坟，与岳阳楼组成前后两片“品”字形布局，相互衬托，恢宏凝重。嫁与周郎的小乔、阅兵的鲁肃、朗吟飞过洞庭湖的吕祖，在湖畔静静守望名楼。景区中还有双公祠和怀甫亭，是后人为纪念滕子京、范仲淹和杜甫而建。由岳阳楼至湖边的陡坡上，筑有五级平台，平台中部及两侧各有步道上下贯通。整个景区绿树环绕，楼宇峥嵘。

今天我们走进岳阳楼景区，入门不远处即是以青铜铸造的从唐至清形制各不相同的五朝楼观，系根据各代《岳阳楼图》及各朝建筑风格制作而成。岳阳楼历千年风雨，早已不是滕子京重修的岳阳楼了，但它依旧是范仲淹笔下的岳阳楼，在每一个熟读《岳阳楼记》的人心里，从不曾倾颓。

岳阳楼主楼坐西朝东，台基以花岗岩围砌而成，通高19.72米，建筑风格古朴独特，前人将其特点归纳为木制、三层、四柱、飞檐、斗拱、盔顶。

岳阳楼是纯木结构，整座建筑没用一钉一铆，仅靠木制构件的彼此榫合，体现了中国古代建筑的精妙和古代匠人的智慧巧思。全楼为三层三檐，由四根通天柱（又称“内金柱”）顶立，直贯楼顶，一、二楼四周环以明廊，三楼檐下置如意斗拱，烘托着硕大的盔顶。自下而上，一层比一层陡峭。重檐陡挂，飞檐翘起，朱栋雕梁，结构严谨。清光绪六年移址重建后，其形制、位置没有再变动过。

飞檐斗拱为中国古代楼阁常用建筑制式。岳阳楼的斗拱排列规整，密如鳞次，形似蜂窝，产生纷繁复杂、玲珑精美的装饰效果。而

岳阳楼

飞檐更具特色，三层脊背和翘首均饰有镂空琉璃瓦饰。第一层角脊饰茶花，翘首为展翅凤凰，名为茶花护凤；第二层角脊饰海藻和游龙，翘首为龙头，名为海藻绕龙；盔顶垂脊饰荷花，翘首为回纹云头。飞檐下悬有铜铃，风动铃响，清脆悦耳。

尤为值得赞叹的是楼顶，其为层叠相衬的“如意斗拱”托举而成的盔顶式，这种拱而复翘的古代将军头盔式的顶式结构在古代中国建筑史上独一无二。

岳阳楼盔顶平面呈矩形，盔顶望板底至檐板底高4.51米，其正中顶部坐落着由大而小6个琉璃珠球垒叠而成的宝顶，由宝顶座墩向四角伸出4条隆起陡曲、顶端昂翘的垂脊。正面两角翘首相距约13.6米，侧面翘首相距约10.6米，水路长7米。如此大型的盔顶建筑，在中国现存古建筑中是绝无仅有的，为岳阳楼的独特标志。

岳阳楼的盔顶建于何时，未见有具体记载。根据现有的资料分析，应是咸丰二年（1852年）至光绪六年的数次修葺中改建而成。理由有三。一、从乾隆十一年（1746年）《岳州府志》至道光五年（1825年）《洞庭湖志》，众多志书所载《岳阳楼图》描绘的此楼形制基本一致，楼顶为四角攒尖顶，其垂脊曲线向内凹曲复翘，且有脊饰，与盔顶垂脊向外隆起复翘的曲线显然不同。盔顶式建筑古已有之，而前之《岳阳楼志》不存。志为信史，历朝志书编纂者及图样的绘制者，不会忽视岳阳楼顶的曲线这一明显特征。二、乾隆十一年《岳州府志》所记载的岳阳楼形制，与现存岳阳楼的形制，亦有明显区别，显然其间曾经改制重建。三、岳阳楼盔顶下四层斗拱上的插昂雕饰各不相同，从下至上依次为靴头、龙头、凤头、云头，“凤”在上而“龙”在下，一反传统排列次序。这可能与当时的政局有关。咸丰十一年七月，文宗死于热河，其子载淳继位。载淳年纪尚幼，慈安、慈禧两太后垂帘听政，次年改元为同治。直至同治十二年（1873年）正月，两太后才撤帘，由穆宗载淳亲政。同治十三年底，穆宗死，慈禧立醇亲王子载湉为帝，仍由两宫太后垂帘听政，次年改元为光绪。慈禧太后归政之时，已是光绪十五年（1889年）二月。“凤”居“龙”之上，只是龙头隐晦地改成了龙尾，这或是太后临朝时期的产物。由此观之，盔顶出现于同治六年或光绪六年的两次重修之中的可能性较大。

全楼色彩主调为红、黄两色，庄严而明艳。木构件外施红色，门、窗上的雕饰为金黄色，脊饰和翘首杂以翠绿，盔顶及檐面均以黄色琉璃瓦铺盖。天晴日朗之时，白色台基、朱楹黄瓦的建筑清晰地衬托在蓝天之下，辉明于洞庭水色的一碧万顷中。阴雨晦暗之日，红栋黄瓦又给人以醒目、温暖的感觉。

现在的“岳阳楼”牌匾1961年由郭沫若书写，悬于三楼正面斗拱上，笔法雄健潇洒，布局严谨凝重，书写由左向右，无题款。岳阳楼内陈列有《岳阳楼记》雕屏。一楼的《岳阳楼记》雕屏由6块樟木板拼成，为清后期仿作。二楼的雕屏由12块紫檀木板拼成，是清乾隆时期著名书法家张照之真作。杜甫《登岳阳楼》诗匾悬于三楼内东面板壁上，为毛泽东手迹。岳阳楼柱多书名家联语，其中晚清著名文学家窦垿所撰的一副102字的对联，内涵丰富深刻，写尽岳阳楼的人文风貌：“一楼何奇？杜少陵五言绝唱，范希文两字关情，滕子京百废俱兴，吕纯阳三过必醉。诗耶？儒耶？吏耶？仙耶？前不见古人，使我怆然涕下。诸君试看，洞庭湖南极潇湘，扬子江北通巫峡，巴陵山西来爽气，岳州城东道岩疆。潴者、流者、峙者、镇者，此中有真意，问谁领会得来？”该联由著名书法家何绍基书写，珠辉日映，美美与共。

清后期仿作《岳阳楼记》雕屏

张照《岳阳楼记》雕屏真迹

从岳阳楼正面折返，经“南极潇湘”牌坊继续向南，便是新碑廊。新碑廊呈北斗七星状，长240米，勒石80余方，收新旧作品100余件，迁客骚人之“满目萧然”与“把酒临风”皆会于此。遭贬谪的张说登斯楼，“心随湖水共悠悠”。李白在这里留下“水天一色，风月无边”的名联，这里有他“雁引愁心去，山衔好月来”的潇洒诗情。大历三年（768年），愁病缠身的诗人杜甫自江陵、公安漂泊至岳阳，登上神往的岳阳楼。“昔闻洞庭水，今上岳阳楼。吴楚东南坼，乾坤日夜浮。亲朋无一字，老病有孤舟。戎马关山北，凭轩涕泗流”，叹洞庭之壮阔，感家国之多难，悲个人之辛酸，百感交集。钱起悼娥皇女英的《省试湘灵鼓瑟》，结句“曲终人不见，江上数峰青”一时无二。欧阳修《晚泊岳阳》：“一阕声长听不尽，轻舟短楫去如飞”，情韵悠长，孤寂旷达。

“洞庭天下水，岳阳天下楼。谁为天下士？饮酒楼上头。”岳阳楼与洞庭水本为一体，天下之士，登楼为观水，观水而生“忧乐”之情。当年范仲淹可能并未来过岳阳楼，他写作《岳阳楼记》全凭想象，因此，他所记的是想象中登楼所见洞庭风光和游者意绪。今人登斯楼，观洞庭而望君山，大抵也是心里念着这一千古名篇，重温“先天下之忧而忧，后天下之乐而乐”的儒者情怀。每一个来到岳阳楼的人，观的不仅是眼中的岳阳楼，也是范子笔下的岳阳楼，屹立在心中的岳阳楼。

洞庭湖畔状元郎

八百里洞庭，是湖南的母亲湖。洞庭湖哺育了湖湘儿女，也涵养了湖湘文化。从古至今，从洞庭湖区走出了众多杰出人物，他们或以事功显达，或以道德不朽，或以文章著名，在中国历史中大放异彩。

湖南古为蛮夷之地，封闭落后，随着北宋以后对洞庭湖地区的深度开发，湖南的地位才迅速上升，文化教育也日趋发达。“惟楚有材，于斯为盛。”岳麓书院大门的这副对联，充满着豪迈自信。这座千年学府的首任山长周式，来自洞庭湖畔的湘阴。在周式的精心经营下，岳麓书院学生由60人增至数百人，开启了湖湘一脉重视学问、重视人才的浓厚学风。

宋代以后的洞庭湖地区，居民往往耕读传家，培育了很多读书种子。到了近现代，洞庭湖区更是人才辈出。“中兴将相，什九湖湘。”左宗棠、郭嵩焘、李星沅、胡林翼等风云人物便是来自洞庭湖区的湘阴、益阳等地。他们的事迹，不少人已经耳熟能详，这里要特

岳麓书院

别谈到一位从湖区走出来的“状元郎”。

在华容县城的书院路和朱家湖路之间，有一条长百多米的街巷，人称“状元街”，纪念的是该县有名的前贤黎淳，他是明朝近300年间湖南唯一的状元。

黎淳的家乡在今华容县胜峰乡龙秀村。这个地方傍东洞庭湖，楚王的章华台遗址据说就在相邻的清水村。史载章华台“台高十丈，基广十五丈”，阶栏回曲，相传宫女登台时中途得休息三次才能到达顶点，故称“三休台”；又因楚灵王特别喜欢细腰女子在宫内轻歌曼舞，故亦称“细腰宫”。

永乐二十一年（1423年），在昔日巍峨堂皇的章华台旁，黎淳生于贫寒之家。他少年时即有大志，不甘人下，曾作《爆竹》诗咏志：“自怜结束小身材，一点芳心未肯灰。时节到来寒焰发，万人头上一声雷。”

黎淳天资聪颖而专心致志，学业日进。景泰七年（1456年），乡试中举，之后赴京参加礼部会试。他胸有成竹，踌躇满志。某日经过一座酒楼，忽然听到酒楼之上有一名歌女叫他的名字。黎淳知道这是同行的伙伴在玩恶作剧，于是从容走上酒楼与大家同饮，席间作诗一首：“千里遨游赴帝京，忽闻楼上唤黎淳。状元自是天生定，先遣嫦娥报我名。”果然，他翌年中进士，殿试点为状元，授翰林院修撰，参与撰修《大明一统志》。成化元年（1465年），明宪宗即位，黎淳担任为皇帝讲解经史的经筵官，一年后升任太子宫中的左谕德，负责对皇太子的讽谏规劝。皇帝将黎淳点为状元，故而他是“天子门生”，但后来他又做了皇帝的老师，因此坊间称他为“天子门生，门生天子”。成化二年，修成《睿皇帝实录》，升左庶子。成化十三年，修成《续〈资治通鉴〉纲目》，升任掌管太子东宫内外事务的少詹事。次年升为吏部左侍郎。明孝宗弘治元年（1488年），调升南京工部尚书，旋又改任礼部尚书。

黎淳经历英宗、宪宗、孝宗三朝，屹立于政治中心30年不倒。他是宪宗和孝宗两位皇帝的老师，培养了两位内阁首辅（李东阳、杨一清）和一位兵部尚书（刘大夏，也是从华容县走出去的进士）。

黎淳做官清廉如水，不徇私情。在《明代登科录汇编》中，还能查到当年这位天顺科状元殿试的答卷《策对》，他说："以恬静为尚，而奔竞之风自息；以贪墨为戒，而廉介之节自著。"他一生培养提携多人而不结党营私，以廉洁律己而未贪墨敛财，赢得生前身后名。黎淳性耿介端毅，重伦纪，尚节俭。有门生尹某当了地方官，托人给他送来一些上好的花色锦缎，黎淳不但不接受，反而责怪说："古之县令，栽桑种麻；今之县令，锦上添花。吾不用妖服也。"将锦缎退还。

黎淳严谨治家，教育有方，其后人被称为"清白吏子孙"。他的长子民牧、次子民表都高中进士，连同他本人，一门三进士，在洞庭湖区留下一段佳话。

名人笔下的洞庭

与夏十二登岳阳楼

唐 · 李白

楼观岳阳尽，川迥洞庭开。
雁引愁心去，山衔好月来。
云间连下榻，天上接行杯。
醉后凉风起，吹人舞袖回。

陪侍郎叔游洞庭醉后三首（其三）

唐 · 李白

刬却君山好，平铺湘水流。
巴陵无限酒，醉杀洞庭秋。

渔光曲（蒋伟平摄）

登岳阳楼

唐 · 杜甫

昔闻洞庭水，今上岳阳楼。
吴楚东南坼，乾坤日夜浮。
亲朋无一字，老病有孤舟。
戎马关山北，凭轩涕泗流。

望洞庭湖赠张丞相

唐 · 孟浩然

八月湖水平，涵虚混太清。
气蒸云梦泽，波撼岳阳城。
欲济无舟楫，端居耻圣明。
坐观垂钓者，徒有羡鱼情。

岳阳馆中望洞庭湖

唐 · 刘长卿

万古巴丘戍，平湖此望长。
问人何淼淼，愁暮更苍苍。
叠浪浮元气，中流没太阳。
孤舟有归客，早晚达潇湘。

岳阳楼

唐 · 元稹

岳阳楼上日衔窗，影到深潭赤玉幢。
怅望残春万般意，满棂湖水入西江。

洞庭湖

唐 · 许棠

空江浩荡景萧然，尽日菰蒲泊钓船。
青草浪高三月渡，绿杨花扑一溪烟。

网（蒋伟平摄）

情多莫举伤春目，愁极兼无买酒钱。
犹有渔人数家住，不成村落夕阳边。

题君山

唐·雍陶

烟波不动影沉沉，碧色全无翠色深。
疑是水仙梳洗处，一螺青黛镜中心。

晚泊岳阳

宋·欧阳修

卧闻岳阳城里钟，系舟岳阳城下树。
正见空江明月来，云水苍茫失江路。
夜深江月弄清辉，水上人歌月下归。
一阕声长听不尽，轻舟短楫去如飞。

雨中登岳阳楼望君山二首

宋·黄庭坚

其一

投荒万死鬓毛斑，生出瞿塘滟滪关。
未到江南先一笑，岳阳楼上对君山。

其二

满川风雨独凭栏，绾结湘娥十二鬟。
可惜不当湖水面，银山堆里看青山。

题龙阳县青草湖

元·唐温如

西风吹老洞庭波，一夜湘君白发多。
醉后不知天在水，满船清梦压星河。

岳阳纪行

明·袁宗道

从石首至岳阳，水如明镜，山似青螺，蓬窗下饱看不足。最奇者墨山仅三十里，舟行二日，凡二百余里，犹盘旋山下。日朝出于斯，夜没于斯，旭光落照，皆共一处。盖江水萦回山中，故帆樯绕其腹背，虽行甚驶，只觉濡迟耳。

过岳阳，欲游洞庭，为大风所尼。季弟小修秀才，为《诅柳秀才文》，多谑语。薄暮风极大，撼波若雷，近岸水皆揉为白沫，舟几覆。季弟曰：“岂柳秀才报复耶？”余笑曰：“同袍相调，常事耳。”因大笑。明日，风始定。

君山月夜泛舟记

清·吴敏树

秋月泛湖，游之上者，未有若周君山之上也。不知古人曾有是事否？而余平生以为胜期。尝以著之诗歌。今丁卯七月望夜，始得一为之。

初发棹自龙口，向香炉。月升树端，舟入金碧。偕者二僧一客及费甥坡孙也。南崖下渔火十数星，相接续而西。次第过之，小船捞虾者也。开上人指危崖一树曰："此古樟，无虑十数围。根抱一巨石，方丈余。自郡城望山，见树影独出者，此是也。"然月下舟中仰视之，殊不甚高大。余初识之。客黎君曰："苏子瞻赤壁之游，七月既望，今差一夕耳。"余顾语坡孙："汝观月不在斗牛间乎？"因举诵苏赋十数句。

又西出香炉峡中少北。初发时，风东南来。至是斜背之，水益平不波。见湾碕，思可小泊，然且行。过观音泉口，响山前也。相与论

谁棹扁舟一叶趁潮来（虢筱非作）

地道通吴中，或说“有神人金堂数百间，当在此下耶？”夜来月下，山水寂然，湘灵、洞庭君恍惚如可问者。

又北入后湖，旋而东。水面对出镫火光，岳州城也。云起船侧，水上滃滃然。平视之，已作横长状。稍上乃不见。坡孙言：“一日晚，自沙背见后湖云出水，白团团若车轮巨瓮状者十余积，即此处也。”然则此下近山根，当有云孔穴耶？山后无居人，有棚于坳者数家，洲人避水来者也。数客舟泊之，皆无人声。

转南出沙背，穿水柳中，则老庙门矣。《志》称山周七里有奇，以余舟行缓，似不翅也。

既泊，乃命酒肴，以子鸡苦瓜拌之。月高中天，风起浪作，剧饮当之，各逾本量。超上人守荤戒，裁少饮，啖梨数片。复入庙，具茶来。夜分登岸，别超及黎，余四人循山以归。明日记。

洞庭纪游

费孝通

近两年我一直打算到洞庭湖一带了解一些华中的农村情况，去秋终于有了这个好机会。

我从小爱读范仲淹的《岳阳楼记》，但是直到不久前才得以偿我夙愿，登上了这座向往已久的名胜古楼。范氏，北宋时人，出身贫困，是个吃菜根长大成才的知识分子。生于苏州，又葬于苏州，是我的乡前辈。范公祠在城西郊外誉称“万笏朝天”的天平山麓。我在小学里读书时，每逢清明佳节，放假“远足”，常游天平。对十几岁的少年，10多公里的来回步行，算得远足了。童年意境的美好联系，使我对范氏倍觉爱慕。选入《古文观止》的那篇《岳阳楼记》，在我能理解人间悲欢、天下忧乐之前早已背诵得烂熟。但是岳阳楼究竟是怎样的一座楼，在这次湘游之前却一直是虚无缥缈，形象不清的幻景。

这次登楼一望，900多年前范公笔下的“巴陵胜状，在洞庭一

航拍岳阳楼

湖”还是实描。岳阳楼建筑在洞庭湖边的岳阳城墙上。居高远眺，确是“朝晖夕阴，气象万千”。但是“浩浩汤汤，横无际涯”的旷达宽舒之景则已经在过去的岁月里大大地打了折扣。据说原来的八百里洞庭现在只留下了在岳阳楼上所能望得到的一角湖光，不上百里。自从长江越湖下流，泥沙淤积，滩地日广，有些已围垦成高产的良田，有些则芦苇蔓生，似陆非陆。从飞机上下望是一片大小沼泽串联成的水网。沧海桑田，是祸是福，见仁见智，尚属难判。

楼高三层，近经修葺，彩色一新，有点像复古式的新建筑，尚未失典雅之貌。进门正壁木刻范记全文。书法出名家，先拘后敞，游笔出景，神符境合，洵为佳品，非此不足以点缀此楼。屏后循梯上二层，出于我意外的，正壁不避重复，还是和底层相同的范文木刻。导游为我解释说：这里有个故事。范记木刻曾被某高官盗为私有，船出湖口，大风作，船覆人亡，木刻沉湖底，市人补刻范记填缺壁。后来有人从湖底捞出原刻，就置于二楼，所以一文重复见于两层。这样的布饰，世所罕见。传说不必深究。以我私见，这里可能隐藏着设计者的一片匠心。试问底层已有范记作屏，其上层有何可以相匹？不如转重叠之嫌，为加权重申之义。事若无可奈何，实则脱俗制胜，妙哉。更上一层，正壁用毛主席诗词为饰，还算压得住。导游在旁加了一句，这里原是吕洞宾像，现已移到靠近的一个小阁中去了。

我随即去瞻览那供吕仙的小阁，与高楼相配，颇协调。小阁正堂悬一醉翁画像，壶倾酒尽，犹举杯自赏，含意亦深。最近因听说电视观众喜看《八仙过海》和《济公传》，我才领悟到素乏法治的社会，不得不寄情于仗义的侠客和具有特异功能的神仙，实是深刻的讽刺和抗议。

将辞，强我留言。我趁感写下：“天下忧乐出民间，肝胆肺腑见先贤。登临墨客诗千斗，世人偏爱醉后仙。”

从岳阳，经沅江，去常德，12日将返长沙，绕道桃源，游桃花源。陶渊明的《桃花源记》也是由于被选入了《古文观止》，在我这一代的知识分子中还有它的影响。这是篇记事文还是篇寓言文，聚讼莫断。诗人托实寓境，境主实宾。但世人却倾向于务实，不把意境化成实景总觉得不大甘心。于是桃花源究竟在什么地方，成了个问题。答案在陶文中已有指南：“远近”总在武陵一带，小渔船可以通达之处。晋代的武陵即今常德。但由于陶文中描写得太细致，要找到一个地方完全符合文中所记却不容易。先要经过一条小河，两岸都是桃花，桃林尽头有个山，山脚有个洞，穿过有几十步长的洞，才见到一片平原，村舍落落，鸡犬相闻，这才是“桃花源”。看来按此蓝图，历代有不少人已经走遍了常德附近，结果似乎并不理想。当然沧海桑田，1 500多年中怎能没有变化？河流可以改道，桃林可以兴废，山洞可以堵塞，留下只有一个“山”不容易变。这样想通了，桃花源也容易找到了。常德境内靠西和湘西山区相接处，要找个有洞的山是不难的。找到了这样一个地方，安上个地名，就成了现在选定的“桃花源”。为了更加突出，该洞所在的县名也改称桃源。这件事发生在什么朝代，我还没有查到。

我是能体会得到这地方的老前辈这番心意的。他们并不生长在“旅游”时代，说他们为了“向钱看”，弄虚作假，托古发财，那是冤枉了他们。至多能说他们认寓作实，未脱凡骨。但是如果不经过他们这番附会和苦心，我这次访湘行程中也不会有此一段插曲了。

田园诗人的意境恐怕市场已不大了。我们这一代的“书香子弟”还会向往桃源，低吟《归去来辞》，对于我的孙子辈来说，该指为闭塞典型，悬以为戒了。在此青黄交替之际，一游桃花源也另有一番滋味。

我这次旅游没有去找渔翁引路问津，一直沿公路，让汽车送我到嵌着“桃花源”三字的牌坊前。过坊果有一山，可无洞，循石板砌的山路上登，微雨方止，路滑。我在扶持下，拾级前行，战战兢兢，目不斜视，唯恐失足。两旁景色都未入目，约行百余级，有平台，原有庙宇已改造一新，可稍憩。同行者见我上气不接下气，力劝我适可而止。我回顾四周，青松翠竹，鸟语花香。乘兴攀登，又百余级，才见屋宇联楹，黄菊成行。这是新建的招待所。主人告我，从登山起已走了280级，我点头会意，应当满足于这个纪录了。据说再上几百级才有一洞，但洞已堵塞。即使到了洞口，洞后超然世界也还只能想象。我想还是留此余地，不去追究为好。

午饭后，主人循当地风俗，以擂茶待客。先摆上各色小碟“压桌”，有花生、炒米、绿豆、藕片等，其中以油炸锅巴最为可口。然后用盖碗盛茶，色淡黄，味咸稍带辛辣，极爽口。问其制法，说是用茶、米、生姜、芝麻、黄豆在石臼里擂成泥浆，然后冲水加盐。传说汉代马援率兵南征过此，士卒不服水土，病瘫难动，当时有一老妪献此土方得治，俗称擂茶。千年传袭，至今擂茶待客仍是此地民间的特有风俗。

将辞，主人又强我留言。我勉强写下了下面一首五言：

幼读陶令诗，今入桃花源。
拾级二百八，攀登君莫劝。
何怪不自量，安识老人愿？
雨止松涛静，安来鸟语喧。
翠竹情滴滴，黄菊意拳拳。

桃花源牌坊

秦汉固已杳，魏晋亦渺远。
此世无可避，龙鱼跃深渊。
擂茶勤享客，丰收心自安。
不劳渔翁觅，遍地建乐园。

靓筱非作

岳阳楼记

汪曾祺

岳阳楼值得一看。

长江三胜，滕王阁、黄鹤楼都没有了，就剩下这座岳阳楼了。

岳阳楼最初是唐开元中中书令张说所建，但在一般中国人印象里，它是滕子京建的。滕子京之所以出名，是由于范仲淹的《岳阳楼记》。中国过去的读书人很少没有读过《岳阳楼记》的。《岳阳楼记》一开头就写道："庆历四年春，滕子京谪守巴陵郡。越明年，政通人和，百废俱兴……"虽然范记写得很清楚，滕子京不过是"重修岳阳楼，增其旧制"，然而大家不甚注意，总以为这是滕子京建的。岳阳楼和滕子京这个名字分不开了。滕子京一生做过什么事，大家不去理会，只知道他修建了岳阳楼，好像他这辈子就做了这一件事。滕子京因为岳阳楼而不朽，而岳阳楼又因为范仲淹的一记而不朽。若无范仲淹的《岳阳楼记》，不会有那么多人知道岳阳楼，有那么多人对它向往。《岳阳楼记》通篇写得很好，而尤其为人传诵者，是“先天下之忧而忧，后天下之乐而乐”这两句名言。可以这样说：岳阳楼是由于这两句名言而闻名天下的。这大概是滕子京始料所不及，亦为范仲淹始料所不及的。这位“胸中自有数万甲兵”的范老子的事迹大家也多不甚了了，他流传后世的，除了几首词，最突出的，便是一篇《岳阳楼记》和《记》里的这两句话。这两句话哺育了很多后代人，对中国知识分子的品德的形成，产生了极其深远的影响。匹夫而为百世师，一言而为天下法，呜呼，立言的价值之重且大矣，可不慎哉！

写这篇《记》的时候，范仲淹不在岳阳，他被贬在邓州，即今延安，而且听说他根本就没有到过岳阳，可是比许多久住岳阳的人看到的还要真切。岳阳的景色是想象的，但是“先天下之忧而忧，后天下之乐而乐”的思想却是久经考虑，出于胸臆的，真实的、深刻的。看来一篇文章最重要的是思想。有了独特的思想，才能调动想象，才能把在别处所得到的印象概括集中起来。范仲淹虽可能没有看到过洞庭湖，但是他看到过很多巨浸大泽。他是吴县人，太湖是一定看过的。我很深疑他对洞庭湖的描写，有些是从太湖印象中借用过来的。

现在的岳阳楼早已不是滕子京重修的了。这座楼烧掉了几次。据《巴陵县志》载：岳阳楼在明崇祯十二年（1639年）毁于火，推官陶宗孔重建。清顺治十四年（1657年）又毁于火。康熙二十二年（1683年）由知府李遇时、知县赵士珩捐资重建。康熙二十七年又毁于火，直到乾隆五年由总督班第集资修复。因此范记所云“刻唐贤今人诗赋于其上”，已不可见。现在楼上刻在檀木屏上的《岳阳楼记》系张照所书，楼里的大部分楹联是到处写字的“道州何绍基”写的，张、何皆清朝人。但是人们还相信这是滕子京修的那座楼，因为范仲淹的《岳阳楼记》实在太深入人心了。也很可能，后来两次修复，都还保存了滕楼的旧样。900多年前的规模格局，至今犹能得其仿佛，斯可贵矣。

我在别处没有看见过一个像岳阳楼这样的建筑。全楼为四柱、三层、盔顶的纯木结构。主楼三层、高15米，中间以四根楠木巨柱从地到顶承荷全楼大部分重力，再用12根宝柱作为内围，外围绕以12根檐柱，彼此牵制，结为整体。全楼纯用木料构成，斗缝对榫，没有一钉一铆，一块砖石。楼的结构精巧，但是看起来端庄浑厚，落落大方，没有搔首弄姿的小家气，在烟波浩渺的洞庭湖上很压得住，很有气魄。

岳阳楼本身很美，尤其美的是它所占的地势。“滕王高阁临江渚”，看来和长江是有一段距离的。黄鹤楼在蛇山上，晴川历历，芳草萋萋，宜俯瞰，宜远眺，楼在江之上，江之外，江自江，楼自楼。岳阳楼则好像直接从洞庭湖里长出来的。楼在岳阳西门之上，城门口即是洞庭湖。伏在楼外女墙上，好像洞庭湖就在脚底，丢一个石子，就能听见水响。楼与湖是一整体。没有洞庭湖，岳阳楼不成其为岳阳楼；没有岳阳楼，洞庭湖也就不成其为洞庭湖了。站在岳阳楼上，可以清清楚楚看到湖中帆船来往，渔歌互答，可以扬声与舟中人说话；同时又可远看浩浩汤汤，横无际涯，北通巫峡，南极潇湘的湖水，远近咸宜，皆可悦目。“气蒸云梦泽，波撼岳阳城”，并非虚语。

我们登岳阳楼那天下雨，游人不多。有三四级风，洞庭湖里的浪不大，没有起白花。本地人说不起白花的是“波”，起白花的是“涌”。“波”和“涌”有这样的区别，我还是第一次听到。这可以增加对于“洞庭波涌连天雪”的一点新的理解。

夜读《岳阳楼诗词选》。读多了，有千篇一律感。最有气魄的还是孟浩然的那一联，和杜甫的“吴楚东南坼，乾坤日夜浮”。刘禹

岳阳楼

锡的“遥望洞庭山水翠，白银盘里一青螺”，化大境界为小景，另辟蹊径。许棠因为《洞庭》一诗，当时号称“许洞庭”，但“四顾疑无地，中流忽有山”，只是工巧而已。滕子京的《临江仙》把“气蒸云梦泽，波撼岳阳城”，“曲终人不见，江上数峰青”整句地搬了进来，未免过于省事！吕洞宾的绝句：“朝游岳鄂暮苍梧，袖里青蛇胆气粗。三醉岳阳人不识，朗吟飞过洞庭湖”，很有点仙气，但我怀疑这是伪造的（清人陈玉垣《岳阳楼》诗有句云：“堪惜忠魂无处奠，却教羽客踞华楹”，他主张岳阳楼上当奉屈左徒为宗主，把楼上的吕洞宾的塑像请出去，我准备投他一票）。写得最美的，还是屈大夫的“袅袅兮秋风，洞庭波兮木叶下”，两句话，把洞庭湖就写完了！

洞庭一角

余秋雨

一

中国文化中极其夺目的一个部位可称之为“贬官文化”。随之而来，许多文化遗迹也就是贬官行迹。贬官失了宠，摔了跤，孤零零的，悲剧意识也就爬上了心头；贬到了外头，这里走走，那里看看，只好与山水亲热。这一来，文章有了，诗词也有了，而且往往写得不坏。过了一个时候，或过了一个朝代，事过境迁，连朝廷也觉得此人不错，恢复名誉。于是，人品和文品双全，传之史册，诵之后人。他们亲热过的山水亭阁，也便成了遗迹。地因人传，人因地传，两相帮衬，俱著声名。

例子太多了。这次去洞庭湖，一见岳阳楼，心头便想：又是它了。1046年，范仲淹倡导变革被贬，恰逢另一位贬在岳阳的朋友滕子京重修岳阳楼罢，要他写一篇楼记，他便借楼写湖，凭湖抒怀，写出了那篇著名的《岳阳楼记》。直到今天，大多数游客都是先从这篇文章中知道有这么一个楼的。文章中“先天下之忧而忧，后天下之乐而乐”这句话，已成为一般中国人都能随口吐出的熟语。

不知哪年哪月，此景此楼，已被这篇文章重新构建。文章开头曾称颂此楼“北通巫峡，南极潇湘”，于是，人们在楼的南北两方各立一个门坊，上刻这两句话。进得楼内，巨幅木刻中堂，即是这篇文章，书法厚重畅丽，洒以绿粉，古色古香。其他后人题咏，心思全围着这篇文章。

这也算是个有趣的奇事：先是景观被写入文章，再是文章化作了景观。借之现代用语，或许可说，是文化和自然的互相生成罢。在这里，中国文学的力量倒显得特别强大。

范仲淹确实是文章好手，他用与洞庭湖波涛差不多的节奏，把写景的文势张扬得滚滚滔滔。游人仰头读完《岳阳楼记》的中堂，转过身来，眼前就会翻卷出两层浪涛，耳边的轰鸣也更加响亮。范仲淹趁势突进，猛地递出一句先忧后乐的哲言，让人们在气势的卷带中完全吞纳。

于是，浩渺的洞庭湖，一下子成了文人骚客胸襟的替身。人们对着它，想人生，思荣辱，知使命，游历一次，便是一次修身养性。

胸襟大了，洞庭湖小了。

二

但是，洞庭湖没有这般小。

范仲淹从洞庭湖讲到了天下，还小吗？比之心胸湫隘的文人学子，他的气概确也令人惊叹，但他所说的天下，毕竟只是他胸中的

“北通巫峡”门坊

“南极潇湘”门坊

天下。

大一统的天下，再大也是小的。普天之下，莫非王土，于是，忧耶乐耶，也是丹墀金銮的有限度延伸，大不到哪里去。在这里，儒家的天下意识，比之于中国文化本来具有的宇宙意识，逼仄得多了。

而洞庭湖，则是一个小小的宇宙。

你看，正这么想着呢，范仲淹身后就闪出了吕洞宾。岳阳楼旁侧，躲着一座三醉亭，说是这位吕仙人老来这儿，弄弄鹤，喝喝酒，可惜人们都不认识他，他便写下一首诗在岳阳楼上：

朝游北海暮苍梧，袖里青蛇胆气粗。
三醉岳阳人不识，朗吟飞过洞庭湖。

他是唐人，题诗当然比范仲淹早。但是范文一出，把他的行迹掩盖了，后人不平，另建三醉亭，祭祀这位道家始祖。若把范文、吕诗放在一起读，真是有点“秀才遇到兵”的味道，端庄与顽泼，执着与旷达，悲壮与滑稽，格格不入。但是，对着这么大个洞庭湖，难道就许范仲淹的朗声悲抒，就不许吕洞宾的仙风道骨？中国文化，本不是一种音符。

吕洞宾的青蛇、酒气、纵笑，把一个洞庭湖搅得神神乎乎。至少，想着他，后人就会跳出范仲淹，去琢磨这个奇怪的湖。一个游人写下一副著名的长联，现也镌于楼中：

一楼何奇？杜少陵五言绝唱，范希文两字关情，滕子京百废俱兴，吕纯阳三过必醉。诗耶？儒耶？吏耶？仙耶？前不见古人，使我怆然泪下。

三醉亭

诸君试看，洞庭湖南极潇湘，扬子江北通巫峡，巴陵山西来爽气，岳州城东道岩疆。潴者、流者、峙者、镇者，此中有真意，问谁领会得来？

他就把一个洞庭湖的复杂性、神秘性、难解性，写出来了。眼界宏阔，意象纷杂，简直有现代派的意韵。

三

那么，就下洞庭湖看看吧。我登船前去君山岛。

这天奇热。也许洞庭湖的夏天就是这样热。没有风，连波光都是灼人烫眼的。记起了古人名句："气蒸云梦泽，波撼岳阳城"，这个"蒸"字，我只当俗字解。

丹纳认为气候对文化有决定性的影响，我以前很是不信。但一到盛暑和严冬，又倾向于信。范仲淹写《岳阳楼记》是九月十五日，正是秋高气爽的好天气。秋空明净，可让他想想天下；秋风萧瑟，又吹起了他心底的几丝悲壮。即使不看文后日期，我也能约略推知，这是秋天的辞章。要是他也像今天的日子来呢？衣冠尽卸，赤膊裸裎，挥汗不迭，气喘吁吁，那篇文章会连影子也没有。范仲淹设想过阴雨霏霏的洞庭湖和春和景明的洞庭湖，但那也只是秋天的设想。洞庭湖气候变化的幅度大着呢，它是一个脾性强悍的活体，仅仅一种裁断哪能框范住它？

推而广之，中国也是这样。一个深不见底的海，顶着变幻莫测的天象。我最不耐烦的，是对中国文化的几句简单概括。哪怕是它最堂皇的一脉，拿来统摄全盘总是霸道，总会把它丰富的生命节律抹煞。那些委屈了的部位也常常以牙还牙，举着自己的旗幡向大一统的霸座进发。其实，谁都是渺小的。无数渺小的组合，才成伟大的气象。

终于到了君山。这个小岛，树木葱茏，景致不差。尤其是文化遗迹之多，令人咋舌。它显然没有经过后人的精心设计，突出哪一个主体遗迹。只觉得它们南辕北辙而平安共居，三教九流而和睦相邻。是历史，是空间，是日夜的洪波，是洞庭的晚风，把它们堆涌到了一起。

挡门是一个封山石刻，那是秦始皇的遗留。说是秦始皇统一中国，巡游到洞庭，恰遇湖上狂波，甚是恼火，于是摆出第一代封建帝王的雄威，下令封山。他是封建大一统的最早肇始者，气魄宏伟，决心要让洞庭湖也成为一个驯服的臣民。

但是，你管你封，君山还是一派开放襟怀。它的腹地，有尧的女儿娥皇、女英坟墓，飘忽瑰艳的神话，端出远比秦始皇老得多的资格，安坐在这里。两位如此美貌的公主，飞动的裙裾和芬芳的清泪，本该让后代儒生非礼勿视，但她们依凭着乃父的圣名，又不禁使儒生们心旌缭乱，不知定夺。

岛上有古庙废基。据记载，佛教兴盛时，这里曾鳞次栉比，拥挤着寺庙无数。缭绕的香烟和阵阵钟磬声，占领过这个小岛的晨晨暮暮。吕洞宾既然几次来过，道教的事业也曾非常蓬勃。面对着秦始皇的封山石，这些都显得有点邪乎。但邪乎得那么长久，那么隆重，封山石也只能静默。

岛的一侧有一棵大树，上嵌古钟一口。信史凿凿，这是宋代义军杨么的遗物。杨么为了对抗宋廷，踞守此岛，宋廷即派岳飞征剿。每当岳军的船只隐隐出现，杨么的部队就在这里鸣钟为号，准备战斗。岳飞是一位名垂史册的英雄，他的抗金业绩，发出过民族精神的最强音。但在这里，岳飞扮演的是另一种角色，这口钟，时时鸣响着民族

君山岛风光

精神的另一方面。我曾在杭州的岳坟前徘徊，现在又对着这口钟久久凝望。我想，两者加在一起，也只是民族精神的一小角。

可不，眼前又出现了柳毅井。洞庭湖的底下，应该有一个龙宫了。井有台阶可下，直至水面，似是龙宫入口。一步步走下去，真会相信我们脚底下有一个热闹世界。那个世界里也有霸道，也有指令，但也有恋情，也有欢爱。一口井，只想把两个世界联结起来。人们想了那么多年，信了那么多年，今天，宇宙飞船正从另外一些出口去寻找另外一些世界。

…………

杂乱无章的君山，静静地展现着中国文化的无限。

君山岛上只住着一些茶农，很少闲杂人等。夜晚，游人们都坐船回去了，整座岛阒寂无声。洞庭湖的夜潮轻轻拍打着它，它侧身入睡，怀抱着一大堆秘密。

四

回到上海之后，这篇洞庭湖的游记，迟迟不能写出。

突然从报纸上看到一则有关洞庭湖的新闻，如遇故人。新闻记述了一桩真实的奇事：一位湖北的农民捉住一只乌龟，或许是出于一种慈悲心怀，在乌龟背上刻名装环，然后带到岳阳，放入洞庭湖中。没有想到，此后连续8年，乌龟竟年年定时爬回家来，每一次，都“将头高高竖起来，长时间地望着主人，似乎在静静聆听主人的教诲，又似乎在向主人诉说自己一年来风风雨雨的经历”。

这不是古代的传说。新闻注明，乌龟最后一次爬回，是1987年农历五月初一。

至少现代科学还不能说明，这个动物何以能爬这么长的水路和旱路，准确找到一间普通的农舍，而且把年份和日期搞得那样清楚。难道它真是龙宫的族员？

洞庭湖，再一次在我眼前罩上了神秘的浓雾。

我们对这个世界，知道得还实在太少。无数的未知包围着我们，才使人生保留进发的乐趣。当哪一天，世界上的一切都能明确解释了，这个世界也就变得十分无聊。人生，就会成为一种简单的轨迹，一种沉闷的重复。因此，我每每以另一番眼光看娥皇、女英的神话，想柳毅到过的龙宫。应该理会古人对神奇事端作出的想象，说不定，这种想象蕴含着更深层的真实。洞庭湖的种种测量数据，在我的书架中随手可以寻得。我是不愿去查的，只愿在心中保留着一个奇奇怪怪的洞庭湖。

我到过的湖可谓多矣。每一个，都会有洞庭湖一般的奥秘，都隐匿着无数似真似幻的传说。

我还只是在说湖。还有海，还有森林，还有高山和峡谷……那里会有多少蕴藏呢？简直连想也不敢想了。然而，正是这样的世界，这样的国度，这样的多元，这样的无限，才值得来活一活。

君山独秀洞庭

黄起衰

到了岳阳，谁都想看看岳阳楼，岳阳楼之引人入胜，是因为有“洞庭一湖”，而“君山独秀洞庭”，可说是景中之景。

考查君山的来历，据《一统志》所载：“君山在县（即指岳阳——作者注）西南，洞庭湖中，一名湘山，亦称洞庭山。”《水经注》载称：“（洞庭）湖中有君山、编山，君山有石穴，潜通吴之包山，郭景纯所谓巴陵地道者也。是山，湘君之所游处，故曰君山矣。”另据《史记》所载：秦始皇二十八年（前219年）南渡淮水，之衡山南郡，“浮江至湘山祠，逢大风，几不得渡。上问博士曰：‘湘君何神？’对曰：‘闻之尧女，舜之妻，葬此。’”于是始皇大怒，使刑徒三千人，皆伐湘山树，赭其山。这在后人的诗文里也有说到的。明《统志》里还讲到：宋朝岳飞攻打杨么时，曾砍伐君山的树木做成巨筏，将港汊堵塞。这些都是有关君山的一些史料。至于唐朝方干所说的："曾于方外见麻姑，闻说君山自古无，原是昆仑山顶石，海风吹落洞庭湖"，却是带着浪漫色彩的传说，不足为据。

自古以来，君山就逗引着不少游人，特别是我国古代的诗人作家，谈到君山的景物时，都是赞口不绝的。宋代诗人黄庭坚就这样说过："未到江南先一笑，岳阳楼上对君山。"清朝袁枚更把君山当作仙境，他也曾写道："几点君山云外立，拟乘风去访蓬莱。"前人那种欣喜羡慕之情，可以想见。

君山突出湖中，四围环水。早晨太阳从它的胸前升起，傍晚又向它身后坠落，阳光透过湖水反照君山，真好似一颗珍珠在镜面上闪烁。有时，湖上腾起白雾，君山就像一位美人蒙在轻纱里，隐隐绰绰，若即若离。当湖上扬起风暴的时候，满湖白浪，奔腾吼啸，就像和君山作耍，一会儿把它抛起来，一会儿又让它落下去。但它却像一位顽强的勇士，不屈不挠地搏斗着。

"岳阳楼上对君山"，的确是富有诗意的事，怪不得登楼赋诗的人，历代都有，而且产生了不少佳作，耐人寻味。唐代杰出的诗人李白曾经写道："帝子潇湘去不还，空余草色洞庭间。淡扫明湖开玉镜，丹青画出是君山。"可说是情景并茂，一语道尽。另一位唐代诗人张说，在他留驻岳阳时，写过不少赞叹洞庭湖的诗句，其中一首是送友人游君山的："巴陵一望洞庭秋，日见孤峰水上浮。闻道神仙不可接，心随湖水共悠悠。"这景象仿佛是在秋高气爽的时候得见的。宋朝爱国诗人陆游看到的君山又是另一个样子："桅樯才放已隐隐，云气乱入何冥冥。鼋鼍出没蛟鳄横，浪花遮尽君山青。"大有风雨腾空湖山变色之感，这和诗人当时那种忧民忧国的沉重心怀也是合拍的。

从前我上学的时候，就住在岳阳楼的旁边，课余之暇，常登楼眺

君山岛风景

望，每去，也是流连忘返，特别是默诵古人那些绘声绘影情趣盎然的诗文，面对君山更感到深不可测，总想亲临其境，看个究竟。可那时只能望水兴叹，一则是坐划子怕遇风险，过不去；二则是山上为伪军、土匪所劫持，去不得。

一九五六年八月，因事去岳阳，并有机会到君山一转，总算实现了多年的夙愿。

那天中午，我们从岳阳搭上了君山渔业社的一艘便船向君山进发。岸上气象站悬挂的风标，报道湖上又刮着六级大风。真像元稹说的“唯有君山下，狂风自古多”。好在这已不足为惧了，小划子虽然不能过去，但我们坐的是湖上有名的风网船，风浪再大一些也没有关系。因这种船的构造与一般船只不同，船舷两侧挂着两只小划子，能御风浪，保证安全。在船上有两张风篷，不管风从哪边吹来，都能利用上，遇上大风，跑得更快，能赶上小火轮的航行速度，怪不得人们那么喜爱它。风网船的制造有近百年的历史了，不知道设计的人是谁，但确是劳动人民的智慧的创造。初次在洞庭湖上乘船，遇到这样的风浪，还不习惯，头有些发涨。船上的人告诉说：到舱外坐坐就会好的。这是经验之谈，不可不信。我爬到船头上，往甲板上一躺，头顶蓝天，脚蹬碧水，就觉着海阔天空，心旷神怡，果然，一会儿头也不昏脑也不涨了。船斜着身子，破浪前行，微微有些颠簸，仿佛置身在摇篮里。心里默念着明朝李冬阳的绝句：“吴楚乾坤天下句，江湖廊庙古人情。中流或有蛟龙窟，卧听君山笛里声。”耳边不闻笛声，但闻人笑，抬头一看，君山已在眼前。

靠岸的地方是一片浅滩，水下生长着芦苇，叶尖露出水面尺多高。船在芦苇丛中穿过，擦得船身吵吵作响。待到冬天，水退之后，湖上的“樵民”，就开始割苇子，每年都给人们带来一笔不小的收益。

我们的船弯在君山东南面，和别的渔船靠在一处，它们属于一个生产队。

解放前，君山是湖上土匪的窝巢，谁也不敢和它亲近。人们在水上被劫后，常相互倾诉："又是君山抢的。"这个美丽的地方，背上一个不好的名声。那时候，除山上寺庙里有几个和尚外，走遍君山，也找不到几家人家。

踏上岸来，却有一股新鲜的感觉，这个湖上的孤岛，再不是那么荒凉了。紧挨着山边上，一排排的新房子，都是渔民住宅。过去他们世世代代以船为家，在水上漂泊，现在很多人都住到岸上来了。那里兴办了一所小学。由于渔业生产流动性大，出湖一次就是两三月，为了不耽误学习，家在船上的孩子们也搬到岸上来了，社里派了几个老婆婆照顾他们的饮食起居，他们比自己的父辈、祖辈幸福多了。渔家的姑娘们也打扮起来了，现在穿花衣、用香皂的不算稀奇，可是，在过去的年月里，她们连粗布衣也做不起，为了提防坏人抢劫还得用黑墨擦脸，这变化是可以想见的。捕鱼的旺季快要到来，岸上修船补网，敲敲钉钉，显得十分忙碌紧张。

我们在社主任家里休息了一会。天色还早，便由熟人带着去看君山的古迹。

最先，我们瞻仰了东南山下的一座古墓。从外表看去，没有什么特别，就像一般的坟堆。墓前的石碑上写着"虞帝二妃之墓"，这碑是清代彭玉麟所立。相传尧女舜之妻——娥皇女英葬此。墓旁有两株枫树，粗大无比，枝叶繁茂，像伞样遮盖着墓地，这两棵大树解放前被国民党反动军队砍掉了。从前君山出产一种斑竹，名"湘妃竹"，呈褐色，上有罗纹。"虞帝南巡去不还，二妃幽怨水云间。当时血泪

《八百里洞庭全图》（局部）（邓辉楚作）

知多少，直到而今竹尚斑。”前人这样咏叹，是有来由的。屈原放逐中，曾据民间传诵的事，写了有名的《九歌》，其中《湘君》《湘夫人》两篇，即是歌颂二妃的。韩愈认为：湘君即指娥皇，湘夫人指女英。

从二妃墓侧的小路翻过一道山梁，朝前走不远，就是“柳荫井”，即柳毅井，又名桔井。相传柳毅传书时，即从此井下到龙宫。这井口子不大，可是深不见底，井水冬暖夏凉一年四季都往外淌。从前井的四周，有一道矮墙围护，并有两个石头锉成的大盆子。人们喜欢取井内的水放在盆子里洗手洗脚，按照迷信的说法，洗过之后，能“逢凶化吉，益寿延年”。这当然是信不着的。不过此井系山中古泉，又因柳毅而得名，终年水清如澈，人们确是喜爱的。现在井旁的矮墙、石盆子都不见了。

提起柳毅，这里的人们倒很熟悉，从一位老人的谈话中，我听到一段有关他的传说故事。很早以前，君山旁边有一座金鸡岭（已沉在水下看不见了），岭上住着一位大财主。有一天，龙王来到财主家作客。屋前的大院里晒着许多绿豆，龙王不知何物，便问财主，财主为了夸耀自己的家产，谎说是“珍珠”。龙王信以为真，又指地上晒着的苞米发问，财主谎说那是“玛瑙”。龙王听罢更是吃惊。后来闻得财主的第三个儿子没娶亲，龙王便答应把龙女嫁给财主家。龙女是个聪明贤慧的女子，过门以后，深受公婆喜爱。同样的饭菜，经她的手做出来就特别香甜可口。财主的大媳妇和二媳妇，一见十分嫉妒，暗中窥测她的秘密，并在人前挑唆是非，说龙女做菜时，把鼻涕放在菜里煮，财主闻之大怒，苦苦折磨龙女。一天，龙女在野外牧羊，得遇柳毅，诉说苦情，并恳求他给龙王传信，柳毅深受感动，慨然应允。按照龙女的指点，去到君山山中的那口井边（即前述之“柳荫

二妃墓

井”）， 拨开井水，投身虾去，直奔龙宫。龙王读罢女儿的信，一怒之下，泼发大水，将金鸡岭淹没，溺死财主，救出龙女。龙王深感柳毅一片好心，将龙女许给柳毅结为夫妻。这也是关于“柳毅传书”的一种说法。

在靠近渔业社猪圈后面的小庙里，现在还供着柳毅的一尊神像。在岳阳城中一座庙里供的柳毅像是一位白面书生，而这里供的却是黑脸。原来这也有一段来历：传说当柳毅为救龙女时，受龙王之命，率领水卒讨伐金鸡岭，因是来自凡间的白面书生，虾兵蟹将不听指挥，龙王便赐给他一副黑色的假面，和龙宫将领一般装束。这里供的就是柳毅带兵时的像。

山南，还有虎洞石穴，夏秋水涨，没入水中，要到冬天水落时才露面，传说洞中有蛟龙卧居，古时候，逢天旱，常有人来此祈祷。

轩辕台也在君山上，因是黄帝铸鼎所在，又叫铸鼎台。传言鼎铸成之后，黄帝就骑龙上升了。台址到明朝的时候还保存着。唐代胡曾在一首诗里写道：“五月扁舟过洞庭，鱼龙吹浪水云腥。轩辕黄帝今何在，回首巴山芦叶青。”大概就是指这里说的。轩辕台畔还有飞仙亭。至于朗吟亭，也是很有名的，唐诗人吕严在题岳阳楼的诗里也谈到它：“三醉岳阳人不识，朗吟飞过洞庭湖。”此外，君山上还有涵辉亭、九江楼、七先生祠、秦王古树等古迹，都只能知其名而不知其所在。

都说君山原有四十八庙，其中最古老的一座是陀佛寺，据说曹洞禅师（达摩第九世孙）曾在此传教。此寺毁后，又建复兴寺，复兴寺毁后，明朝时又建崇胜寺，也有人说这就是湘妃祠。在湘妃祠的遗址上，竖起了一栋新式平房，即君山茶场的住屋。屋前大树上，挂着一面“飞来钟”。何时“飞”来，何处“飞”来，不得而知。

湘妃祠过去不远，有杨么寨。杨么继钟相之后领导农民革命，在滨湖坚持斗争达六年之久。他统率的军队，春夏耕田，秋冬作战；军民融洽，百姓安乐。宋朝累次派人“招抚”，都被他拒绝。直到绍兴五年（1135年），宋高宗派岳飞率兵来攻杨么。砍伐君山的树木，做成巨筏堵塞港口，用乱草浮水上。杨么开寨迎战，车船为草木所阻，不能行驶，后投水，被岳飞部将牛皋所擒斩。杨么的队伍，曾在君山设寨固守，据说那寨子原是一座小小的城堡，坐落在西山上，现在都是茶园用地，没有看到什么遗迹。

西边，有一个小山包突出水面，形似香炉，故称“香炉山”。它和君山相隔几十公尺，为湖水断开，没法过去。站在高处，可以鸟瞰香炉山全景。山上青苔像绒毯被覆。几棵小树随风据曳，颇似数炷清香燃在“炉”里。四围都是峭壁，湖浪滔滔撞击岩石，溅起一层层水花，就好像在它腰间系上一条白色的锦带。我想要是在那里再培植些花草，修几座亭榭，用小桥把它和君山连接起来，一定能逗引很多游人。

前人说君山“山状如十二螺髻”，颇也相似。四周山峰环抱，中间夹着几道洼沟。那些山峰，原来也都是各有名目的。如酒香山就是其中之一。传说山上有美酒数斗，喝了就能成仙。汉武帝曾经派遣栾巴到这山峰上来弄酒，果然求到了。带回去后还没有奉献给皇帝，却被东方朔偷偷地喝掉了。汉武帝闻说此事，勃然大怒，要斩杀东方朔。东方朔长于辞令，就对皇帝说：如果这酒真有灵验，帝王要杀我，我也不会死。如果我死了，这酒也就没有灵验。汉武帝无话可答，终于赦免了他。据当地的人讲：从前，每到春天的时候，山上常常闻到酒香，寻之却又不可见。此外，还有鸣山，踏上去铿然有声。有关这些山峰的传说，虽未必实有其事，听起来却是饶有兴味的。可惜，没人为我们指点，弄不清哪是酒香山，哪是鸣山。现在，恐怕知道的人也不多了。

登上最高峰，西望洞庭，水天相接。我们去时正值秋天，又是晴日，快近黄昏，斜阳照射湖水，层层浪花，似银山起舞，远看，船在天上游，云在水上浮。整个湖面就像一床抖开的锦缎。回首东望，岳阳楼耸立在湖边高墈上，楼台亭榭，碧瓦辉煌，在这里还能看到一点朦胧的影子。北面的大沙洲，穿湖而过，望不见尽头。东南角上，从陆地伸出的月山，扁山，隔着大水，遥遥相对。生活在大陆腹地的人，不容易看到海，上了君山，却有登上海岛的感觉。

从山上下来，走过一段山沟，山沟里有几丘干田，都种上了瓜菜。北边坡上，有几棵小树，坡那边是一片沙滩，遍地绒沙像面粉似的，又白又细。冬天，湖上的雁群常在这儿栖息，近处水上，有一串麻篆，这是渔业社设置的，日日夜夜等候着鱼群。

君山以产茶著名。从前山上四十八庙，就有四十八个茶园。随着寺庙的塌毁，老茶园也不存在了。最好的茶是毛尖，倒上水，尖儿朝上竖立，清香味美，古时用作贡茶。山上有白鹤井，取这里的井水泡茶，味道更浓。据说，从前送贡茶的时候，连白鹤井的水也要送去进贡。君山茶是一宗特产，解放后，山上建立了国营君山茶场。几年来，大力开垦，茶园已遍布全山，到处可看到新栽的茶树。

君山又是个大林园。据说山上参天古木，比比皆是。其中以松树、枫树、枣树、槐树为最多。有好些古树，粗到两三人合围不拢。山上的果木也不少，栗子、梨子、梅、李、桃、杏……应有尽有。老人们年轻时尝过，讲起那些果子的味道，仍然赞不绝口。还有满山的斑竹、楠竹、灌木、杂树，层层密密，一齐卫护着君山，可以固土，可以防风，并且增加了不少美色。但解放前，由于日本侵略者和国民党反动军队盘踞君山时，连年乱砍滥伐，早就把这个美丽繁茂的林园，搞得遍体鳞伤，这已是不可挽回的损失，言之痛心。

君山是个狭长的小岛（南北长七里欠三分），可耕地不过几百亩。用作茶场，固然很好，而作为洞庭湖上的风景区——特别是当作一大名胜古迹，更是得天独厚。

我们团山走了一趟，只用了几个小时，晚上，我和渔业社里的一位老人聊天，他告诉我，茶场办公室——也就是湘妃祠旧址后面那间屋里，还有一些前人立下的碑匾可以看看。次日清晨，我起床后就去了。果然，在东边墙角上发现一块石碑，嵌在墙壁上。拨开野草，走近细看，这碑原是嘉靖年间一位进士出身的中宪大夫孙继鲁所立。他在督学湖广时，曾登临君山，写有《登君山记》一文，考据了君山和湘妃祠的来历。文末题诗五首，第四首中的末尾两句写道："江湖地主烦培植，莫使君山谓不平。"这话原是寄望后人注意爱护，勿使这一名胜古迹遭到毁坏。当然对于历代统治者说来，不过是对牛弹琴。而今天，君山已经回到人民的怀抱，不必他来提醒，我们也应该着意爱护。

离开君山，又是中午时分。湖上风平浪静，捕鱼船队，正驶向远方，张帆布阵，有如旌旗林立；客旅商船，南来北往，好一片欢乐升平的景象。站在船头回顾君山，巍然屹立。我在它身边虽只逗留一天，却已感到难舍难分。默诵着唐朝崔鲁别君山诗"点空夸黛妒愁眉，何必浮来结梦思"之句，就觉着说到我心里去了。君山不仅是以它的自然姿色之美，逗人流连；而且也以它的秉性之美，叫人喜爱。从"轩辕铸鼎""玉女居之"到"柳毅传书"和酒香山的佳话等，都是美好纯洁的象征，这些好像赋予了君山一种活生生的不平常的性格。我国历代许多杰出的诗人作家，那么热衷地向它倾诉自己的情怀，大概不是偶然的吧。

如今，湖上早已不闻哀号恸楚之声，君山也张开了自己的笑脸。

洞庭泼墨

易允武

印 象

我没有见过大海，泛舟洞庭湖，我真以为它和大海一般了。

那远方的云和水浑然一体。究竟是云羽在水上漂浮，还是帆翼升上天空了呢？我感到洞庭有海的寥廓。

阳光恰如天庭射下一束束金箭，波涛被激怒，向天宇扑去。那喷金溢彩的光波，使我领略了海的磅礴气势。

连大风也很暴躁，像醉汉一样和巨浪厮打，发出搏击时的轰鸣。水的王国顿时混沌一片。呵，洞庭原也有海的剽悍呀！

我被浩浩大波迷惑了。待到日丽风和，掬口湖水，却不是咸的。

风 情

那不过是对海的陌生而已，洞庭毕竟是个湖泊。

众多的还是港湾湖汊，被芦苇和湖柳簇拥着。船儿迂回而行，那绿洲也在旋转。沙鸥和芦雁从青纱帐里扑棱棱飞起，扇来清凉而湿润的风，有清香，也略有微腥。

潮水给沙洲围上银色的花边。天色微明，捕鱼人已驾轻舟消失在烟波里了。连渔歌也是湿漉漉的，那乡音像湖藕一样的甜。

沙洲有一排排木架，挂着晾晒的渔网。鱼网睁大数不清的眼睛，窥伺湖水呢。那鱼儿的鳞片像万千小镜子闪着亮光。

湖上的小岛，像大青螺。一只船儿疲倦了， 偎着它静静睡着。沙砾上有一堆用石块垒筑的灶台，渔家大嫂在准备美餐。炊烟轻轻地飘，像浅蓝色的雾。

堤坑真像画家的调色板。护坡的花岗石是灰色的，翠绿的小草在石缝中探出身子，紫云英和红苜蓿沾着露水，像图案一般好看。花狗在堤上嬉戏，小黑猪用鼻头拱翻了泥土。拖拉机突突奔跑，扬起黄色的尘埃，使受惊的鸡群乱糟糟地飞舞了。

有集镇当然就有码头，有码头自然有喧闹的水上城池。乌篷船，梭子船、双桅船和小汽艇亲昵地挤在一起。客班船来了，小船儿咯吱吱笑着，扭着身子闪开。等到启碇的哨笛吹响，小伙子们又赶忙聚首相会。谁知道他们在说什么悄悄话呢？

码头石阶上有鲜嫩的瓜菜，像彩色的长廊，美丽如船家姑娘的衣衫。哟，跳板上舀水的妹子，你怎么把提桶漂落到水中央去啦？

渡口响起噼噼啪啪的鞭炮，谁家在接亲？那欢乐的精灵在水上翻着筋斗，吓得肥大的鲤鱼在水上蹦跳。我看见炮仗的纸花在漂浮，引得游鱼好奇地争吻。我想，连水中的生灵也尝到人间的欢悦了。

谁家在放肆地炒豆豉辣椒呀？我不知是品味了甜还是辣，喜得我眼泪都流出来了。

渔网（彭征宇摄）

博大的洞庭湖，难道你不就是绮丽、神奇、富饶的大海么？

夜色

我憧憬洞庭的夜色。那天，当落霞提着橘红色的裙裾归去的时候，我终于看到一个迷人的景致：晚霞把一串项链丢在湖面上了。

那美丽如红玛瑙、绿翡翠的奇珍，不正是航标灯么？我也要像诗人一样去赞美它，但我怎能俯拾别人的智慧之果去形容它呢？

我眼前一亮，哦，那航标灯多么像航标工人的眼睛。那装着霓虹灯的铁浮鼓如同披上甲胄的勇士。狂涛来了，它跃上浪尖；潮水退了，它沉入波谷。大风揍它，恶浪咬它，它无所畏惧，威严的眼睛如毫光闪闪的利剑，使逞狂肆虐之辈肝胆俱裂。然而它对夜航的船只充满着爱抚，给探索者以慰藉和信念。

夜里的涛声格外激扬悲壮，霎时间我感觉航标灯又像幽幽磷火，那只罹难于风暴的亡灵之光，像一个个惊叹号！在那不幸的岁月，不幸的人在人生的航程中沉殁了，却献出不息的光辉去延续后人的生命，佑护船只的平安，那是令人肃然起敬的亮光呵。

我沉思，溯历史的长河而上。我徘徊急流险滩，看见竹制的标杆已经腐朽。乱石堆中，锈蚀的煤油灯下堆满了火柴梗。柳林深处，有蓑衣斗笠的残骸。标杆的红色印记是先辈用眼中的血丝缠成的呀，为光明献身的火柴梗在嗟叹风雨的无情，简陋的雨具仍残留着历史的风雨呵。

但现实中的灯光却使我苏醒，一盏一盏璀璨的灯组成一个一个彩色的拱门，我穿行于花丛之中。那是永不凋谢的花朵，那是人类智慧的结晶，是任何风浪也扑不灭的。我寻觅旧迹，拾到的却是奇珍。

真是叫人浮想联翩的灯光呵。

洞庭夕照（汪鹏摄）

麻 雀

和八百里洞庭相比，这小小的生命委实太微小了，微小得叫人忽视它的存在。

但微小的并不是孱弱的。别小看洞庭湖的麻雀，它敢于和风浪为伴，它是强者。

成群的麻雀在水上觅食，组成水上家庭。它们飞行的时候宛若一团褐色的云，一团有生命的云。那呼呼的声音掠过浩浩大波，像风儿打着呼哨。等到追踪它的身影，麻雀儿已消失在水天之间。

谁被浪头打湿了翅膀，同伴们便紧紧护佑着它。我看见雀儿们聚集在难友身旁仿佛要把不幸的兄弟抬起。那温暖的春风简直可以扇干难友淋湿的翅膀。

谁迷失了方向在远方呼号？尽管是微弱的，雀儿们立即循声而去，像一支支穿云射雾的箭翎。我看见迷途者又回到了集体，那亲切的啁啾之声汇成了美妙的天籁。

谁最先发现阴暗的角落藏匿不祥的征兆，一声呐喊便有如号令。我从来没有看见洞庭湖的麻雀是孤零零生活着的。它们安危与共，失去集体犹如折落了翅膀。

芦苇丛中，有它们的家。它们是浪迹江湖的游牧民族。雀儿的鸣唱是洞庭的晨曲，于是太阳跟着冉冉上升了。它们用湖水洗刷双翅，湖水便有了笑涡。那娇小的身躯从来都是挺直的，决不躬曲脊梁。机灵的小眼窥视四方，预防四周的不测。嘴喙锋利如匕首，那是赖以生存的武器。当它们跳跃前进的时候，古铜色的爪儿刮起了一阵阵贴地风。麻雀生态的健美，是洞庭的云水造就的。

我怜爱这小小的生灵。它们曾经一度蒙冤受屈，打入另册，遭到围歼。但是雀儿从没有消沉，它们依旧在洞庭湖上繁衍后代，延续至今。我想起“洞庭湖的麻雀，见过几个风浪”这句民谚，它给了我深刻的生活哲理：经历过风浪，便能经受挫折。

虢筱非作

岳阳楼烟霞

杜渐坤

我们不再说话，倚着古老城墙的雉堞，望那重檐盔顶的岳阳楼，它在晨光清冷的空中，浑身闪出点点古铜的颜色。我们几疑它是早起戎装的武士了，在雄视八百里洞庭湖。晨风萧萧刷过湖面，长浪哗哗泗来，城下嘭嘭有声。我们又疑心百万精壮的大军，在奋力叩打这座屏卫市井的雄关。

这里，的确曾是古代用兵习武之地。三国东吴鲁肃督练水师的阅兵台，就曾筑在这个地方。那时，台上旌旗蔽天，湖中战舰艨艟，演出过多少威武雄壮的史剧！唐朝开元四年（716年），有位名叫张说的贬官在此怅然高望，忽而一声喟叹，遂令人建起这座岳阳楼。从此有多少迁客骚人慕名而来，把那无数感时伤世的诗章，散落在天风湖浪间。北宋庆历四年（1044年），又有滕子京谪守巴陵郡，第二年，就重修岳阳楼。而他那同被谪戍边镇的好友范仲淹，也在戎马倥偬中频频回首东望，写下传诵千古的《岳阳楼记》，抒发“忧乐天下”的博大胸襟。忧思百结的岳阳楼，才又微微荡起一缕壮思。

但，那潇湘藏在哪里呢？那万里长江隐在何处呢？那充满了神话色彩的君山躲到哪团云雾中了？只见扁山浮浮沉沉，似有无限的郁愤悲伤，在痛悼杜甫的不朽诗魂。

这位忧国忧民的伟大诗人，当年就客死在这茫无际涯的江湖之上，在扁山停灵了四十三年。呵！晚唐时代的凄风苦雨，那连绵不断的战乱，那马蹄践踏起来的血花，那“朱门酒肉臭，路有冻死骨”的人间不平，是怎样像把把利刀寸断了他的肝肠！

我们怔怔地望着这楼这湖，这湖中浮浮沉沉的扁山，心中生起一阵一阵的迷惘。我们默默地走下楼去，迫不及待地要去探望“人间改换”的楚地风光。

这时，浮云团团消散，东方烟霞迷漫，太阳上升了，景致一处处地探出头来。船头剪开满湖艳红的织锦，船尾抖出一匹银亮的长练。

我们急急展眼望那三江口阔大的水波，城陵矶缥缈的彩影。多少楼房烟霞中！我们几疑那是海市的奇幻。那黑苍苍的芦苇捆一垛垛，垛成绵延的城墙，垛成古老的城堡，那是新建的江南四大造纸厂之一的岳阳纸厂了？每年该有多少纸张送到这里那里，描绘最新最美的图画！那笔挺挺的烟囱一根根，插入霞光万里的苍穹，缠着艳若纱巾的彩云，那是近年投产的洞庭氮肥厂了？每年该有多少化肥运向广袤的农村，滋养迎风待哺的秧苗！那一排排的河房——一排排整齐的货仓；吊车在空中往往返返，货轮匆匆地进港出港，那是长江城陵矶货运码头了？每年该有多少物品送到人民手里，增添人民生活的欢乐……我们正自看得入神，汽艇一声长鸣，冲入波涛汹涌的长江。

呵，长江，何等伟大的奇观！江水天上来，吴楚在浮动，往古英

岳阳楼角楼

雄计无数，活在浩浩江流中！我们想起了古代三国争雄；想起百万雄师过大江；想起长江大桥如长虹……多少呐喊和斗争，多少创造和劳动，一代一代地接下去，为了抹去这块古老土地的贫弱和灾难！汽艇转过身，又驶向东风渔场。

这里，又是一番明丽的风景！一方一方的鱼塘，宛若一面面巨大的明镜，镶在绿草茵茵的湖边上，映着蓝天和白云，雾树和烟村；三三五五的渔场职工，红红绿绿的在那里闪动。一片花荫之下，传来机器哒哒的鸣唱。鸟儿窜上辽阔邈远的天空，游鱼欢乐地跃出水面……

在一幢簇新的瓦房前，那浓荫覆地的葡萄架下，主人热情地迎接了我们。一阵握手寒暄之后，便是一篇渔场今昔的变迁史。这里，原是三国东吴鲁肃的放马地。多少世纪以来，这里瘴气弥漫，荒无人烟。然而，就是这样一个地方，历代反动派也不准渔民上来居住！世世代代漂泊在浪恶风高的江湖上，睡船板，盖渔网，吃草蒿，死无葬身地，被斥为“臭渔化子”。解放后，他们上岸定居了，接着，又实现了捕鱼和养鱼相结合。蛮荒的放马洲变成了机械化的渔业镇。主人破涕为笑，摆上丰盛的午餐：大碗大碗的鱼，拌着鲜红鲜红的辣椒，还有醇香扑鼻的酒。我们饱尝了湖区渔家的美味，之后，又驶向君山。

君山，你神仙出没的所在呵！你以怎样的仪态在迎候我们？让萧萧的斑竹叙说娥皇女英的故事？让古朴的柳毅井讲述《柳毅传书》的传说？让酒香山捧出东方朔喝过的仙酒？还是让封印山控诉秦始皇下令砍伐湘妃竹的残暴？让杨么寨再现南宋农民起义的赫赫声威……

君山茶场的同志呵呵地笑着说着，引领我们踏遍这湖上仙山的

君山岛停泊的舢板船

七十二峰。峰峰都如仙境的美妙，峰峰都有美妙的胜迹。而在美如仙阁的望湖楼上，我们团团围坐下来了。主人取出一只古瓷色的杯，冲上茶，那茶叶突然一针针都直竖起来，从杯底慢慢升到水面，一会，又徐徐地下降，徐徐地上升，最后，一针针地直竖在杯底，有如春笋拱出地皮，又如刀枪林立军营中。呵！这是名驰中外的银针茶！世上独一无二的珍品，相传盛称于唐代，历代都是只供皇帝享用的，而在解放前夕，已经濒于绝灭了。1952年国家投资垦殖才把它抢救过来。1956年在国际莱比锡博览会上荣获了“金镶玉”的美誉。我们呷了一口茶，竟是这样的清醇，仿佛自己也变了神仙似的——汽艇离开君山，继续驶向前方。

前方，茫茫芦荡，恍若飘落的绿云，浮在烟水迷茫的湖面。旁边一只小艇，晃晃悠悠；船上几点人影，在走马灯似的动。

——他们是谁？他们在干什么？

——省血防所的野外科学考察组！

千百年来，这里是血吸虫为害最甚的地区。据统计，全国滋生钉螺的地面，有三分之一就分布在这洞庭湖区的周围。谁数得清有多少无人村和寡妇村，被遗弃在这鬼哭神号的草莱里面，幸存者一个个都挺着大肚子，无力从事体力劳动。呵！令人心悸的历史惨剧，留在代代湖区人民的记忆中！如今却是村村人寿年丰了。诚然，这里还有部分钉螺至今未被消灭，并且按照几何级数每年在递增着：又由于长江水系的变化，已经不能采用围湖灭螺的办法了。但是，你看吧，这些晒得黧黑的农民一样的血防人员，在怎样朝朝暮暮划着一只小船，查勘湖区的港港湾湾，辛苦地做着调查和试验。你看着这些重新掌握了自己命运的人们焕发出来的忘我精神，你能不相信，在他们面前，没有攻克不了的难关?

湖上归来，我们重登岳阳楼，再瞻千古胜迹的丰姿，诵读古人忧思百结的诗文。我们祝愿那悲酸历史的永远过去（读者恕我不再提那人所共知的十年动乱），未来尽是幸福自由的乐章!

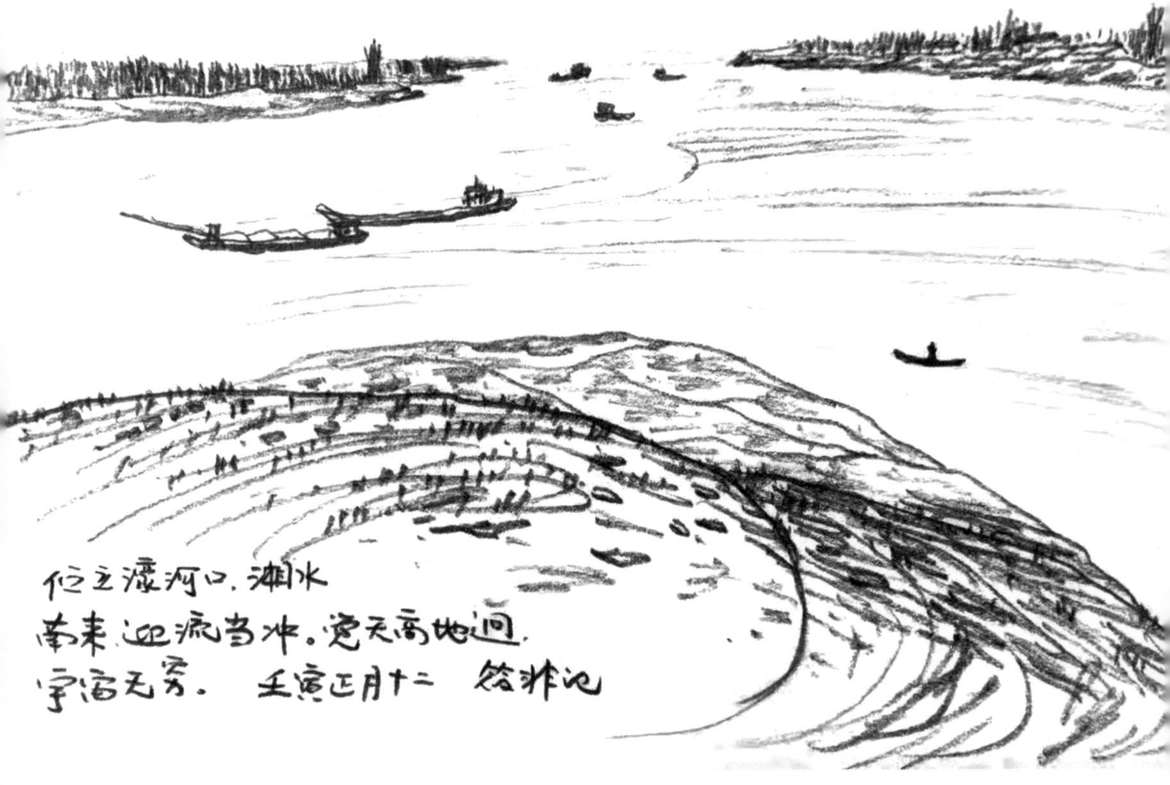

虢筱非作

图书在版编目（CIP）数据

洞庭天下水 / 李跃龙，黎昔春著. -- 长沙：岳麓书社，2025.5

ISBN 978-7-5538-1611-1

Ⅰ. ①洞… Ⅱ. ① 李… ② 黎… Ⅲ. ①散文集－中国－当代 Ⅳ. ① I267

中国版本图书馆 CIP 数据核字（2022）第 061483 号

DONGTING TIANXIA SHUI

洞庭天下水

作　　者 | 李跃龙　黎昔春

出 版 人 | 崔　灿

策划编辑 | 刘书乔

责任编辑 | 田　丹

责任校对 | 舒　舍

营销编辑 | 谢一帆　唐　睿　向媛媛

岳麓书社出版发行

地址 | 长沙市岳麓区爱民路 47 号

承印 | 湖南省众鑫印务有限公司

开本 | 710mm × 1000mm 1/16　印张 | 18　字数 | 232 千字

版次 | 2025 年 5 月第 1 版　印次 | 2025 年 5 月第 1 次印刷

书号 | ISBN 978-7-5538-1611-1

定价 | 98.00 元

如有印装质量问题，请与本社印务部联系

电话 | 0731-88884129